FRONTISPICE.

La Bonne Mère

DEUX VEILLÉES

D'UN

PENSIONNAT

PAR

Mlle HERMINIE LEJEUNE.

F.F.AF

LIMOGES,
F. F. ARDANT FRÈRES,
rue des Taules.

PARIS
F. F. ARDANT FRÈRES,
25, quai des Augustins.

1860

L'AMBITION

MÈNE A LA FOLIE.

Comédie en un acte.

PERSONNAGES.

MARION , dite *Madame Saint-Prosper*.

MARGUERITE , dite *Doigt-de-Fée*, tailleuse , fille de Marion.

CATHERINE , dite *Sans-Pareille*, modiste , sa sœur.

JEANNE , dite *Goût-Parfait*, lingère, troisième sœur.

LÉONARDE , dite *Pur-Esprit*, femme de lettres, cousine des trois sœurs.

MADAME KIVOIKLAIR ET SA FILLE.

MADAME VEUDUBON.

MADAME VEUDUBEAU.

MADAME PASAISÉE.

MADAME DE LAPROSE ET SA FILLE.

UN GROUPE D'ÉCOLIÈRES.

QUATRE OUVRIÈRES.

UNE CONCIERGE.

MADEMOISELLE GRACIEUSE, commis de magasin.

L'AMBITION MÈNE A LA FOLIE.

SCÈNE I.

(Le théâtre représente un Magasin. — Quatre tables séparées, entourées chacune d'une chaise et d'un fauteuil.)

MADAME SAINT-PROSPER, PUR-ESPRIT, DOIGT-DE-FÉE, SANS-PAREILLE, GOUT-PARFAIT.

MADAME SAINT—PROSPER, tout en disposant les objets, malles, étagéres qui appartiennent à chaque table.

Midi arrive... nous allons voir l'effet des prospectus et des affiches. Hélas! hélas! (avec tristesse.) se remplira-t-il ce beau comptoir que j'arrange ici?

PUR—ESPRIT.

Chère tante, ne craignez point; l'argent viendra, soyez-en sûre.

MADAME SAINT—PROSPER.

Dieu t'entende!... Ah! combien je regrette de ne vous avoir pas fait rester dans notre humble bourgade! Tenter la fortune pour aboutir...

SANS-PAREILLE.

A la misère... j'en tremble.

PUR-ESPRIT.

Tu n'en démordras pas!

GOUT-PARFAIT.

Ni moi non plus! Nous avoir conduites ici pour satisfaire ta vanité! Ah! si comme nous tu avais aimé le travail, s'il t'avait suffi d'une vie tranquille et honorée... Mais non; tu n'as jamais voulu rien faire de tes cinq doigts. Gâtée par ta pauvre mère que ta fainéantise et ton orgueil ont mise au tombeau, tu t'es figurée, parce que tu savais un peu lire et écrire, que tu devais mener le rôle d'une princesse.

DOIGT-DE-FÉE.

Ma sœur, cesse donc tes récriminations et tes reproches; ce qui est fait est fait. Si nous avons suivi ici notre cousine, c'est sans doute parce que nous y avons consenti! Mettons-nous donc à l'œuvre; l'on verra plus tard qui a tort ou raison.

SANS-PAREILLE.

Et si cette belle demoiselle (montrant Pur-Esprit.) avait été mise à sa place comme elle devait

l'être par toi, notre sœur aînée, est-ce que notre bonne mère, Jeanne et moi, serions ici?...
Avant peu tu auras plus d'un reproche à te faire, ci-devant Marguerite, aujourd'hui Doigt-de-Fée.

PUR—ESPRIT, avec ironie.

Pourquoi tirer ces belles demoiselles de leur village enchanté! Pourquoi avoir brisé les chaînes de roses qui les y retenaient? Vraiment, quel dommage! N'y étaient-elles pas triomphantes? N'y devenaient-elles pas millionnaires à vue d'œil?

SANS—PAREILLE.

Mère, mettez donc quatre ou cinq domestiques au service de votre charmante nièce, car il est impossible d'être heureux quand on n'a pas des millions pour s'en procurer!

PUR—ESPRIT.

On peut même être bouffi de bonheur et d'honneur en mangeant la soupe deux fois le jour.

MADAME SAINT—PROSPER, d'un ton impérieux et triste.

La soupe! Et après? Je l'ai mangée jusqu'à soixante ans; en ai-je été plus mal pour cela? J'ai même pu mettre de côté quelques sous; sans eux, ni toi ni mes filles vous n'auriez

1..

pàs eu l'idée folle de courir ainsi l'aventûre. L'ambition, la vanité, ma nièce, sont de vilaines choses qui coûtent gros, tu le sauras. Puisset-il vous rester de quoi manger la soupe !

PUR–ESPRIT.

Puisque vous parlez raison, voyons, chère tante, n'ai-je pas le genre qu'il faut pour réussir ; et mes trois cousines sont-elles si gauches et si sottes ?

MADAME SAINT–PROSPER.

Ah ! oui, parce que tu leur as fabriqué des noms de Doigt-de-Fée, de Sans-Pareille, de Goût-Parfait ; parce que tu as inventé pour toi celui de Pur-Esprit, et que de Marion que je suis et je serai toujours, tu as fait une Madame Saint-Prosper ; parce que nous avons presque tout vendu pour paraître de grandes commerçantes, tu crois qu'en dédommagement l'or et l'argent de la terre vont pleuvoir à flots dans cette caisse ? (Pur-Esprit reste silencieuse.) Et mes trois filles écouter ces sornettes ; te suivre !... Et toi surtout, Marguerite, toi qui es l'aînée, pousser tes sœurs à cette folie en leur répétant : Notre mère est trop vieille et trop simple pour comprendre le mouvement du siècle !

DOIGT—DE—FÉE.

Mère, vous faites tant de peine à ma savante cousine en lui reprochant sans raison toujours la même chose ! Croyez-vous qu'avec son grand esprit elle ne sait pas ce qui vaut mieux ? Si nous nous sommes décidées, c'est que nous avons vu en cela d'incomparables avantages.

MADAME SAINT—PROSPER.

Son grand et pur esprit ! Oh ! qu'un brin de raison, un atôme de bons sens lui vaudrait mieux, ainsi qu'à toi-même ! L'ambition mène à la folie, entends-tu bien ? Ce vieux proverbe ne se vérifiera pour vous que trop tôt, soyez-en sûres.

PUR—ESPRIT, d'un ton boudeur et sec.

Ce n'est pas le temps de délibérer ; il s'agit de voir si l'on a fini les paquets et costumé les ouvrières. Allons hâter le travail pour redescendre... Midi est là. (Elles sortent.— Pur-Esprit sonne pour que quelqu'un vienne garder le magasin.)

SCÈNE II.

LA CONCIERGE, revenant de sa tournée, crie des coulisses :

Je suis à vous, mesdames ; j'entre tout à l'heure. (Elle entre, et s'asseyant.) Ouf ! que je me

pose ! En ai-je distribué de ces prospectus !
Et qu'elles disent que je n'ai pas trotté en
conscience, qu'elles s'en prennent à moi si leur
commerce va de travers ! (Elle s'essuie la figure
d'une manière grotesque.) Pour une femme de cinquante ans , il me semble que c'est pas trop
mal... Si mes jambes se démenaient comme
ma langue ! mais va-t-en voir ! Ouf ! Voyons,
quelle est la grande dame , la menue bourgeoise
à qui je n'ai pas donné cette jolie pancarte
rose ? (Elle en montre une qui lui reste.) Ce n'est pas
tout : n'ai-je pas fait l'article de mon mieux
à toutes celles que j'ai rencontrées ? Franche-
ment, y a-t-il un voyageur breveté de commerce qui possède une parole plus mielleuse ,
plus séduisante, plus entraînante que la
mienne ? (Elle se lève.) Ouf ! oui , j'ai passé partout : places, routes, rues, chemins grands
et petits , carrefours, faubourgs, avenues ,
peuvent parler ; je leur défie de dire qu'ils
ou elles ne m'ont pas vue et entendue. Cinq
heures de marche sans lâcher ! ça vaut bien un
verre d'eau ; pourquoi pas sucrée ? (En même
temps elle va à une table où se trouve ce qu'il faut pour cela.)
Au fait, dix francs par jour sans compter mon
vingtième sur les bénéfices, soit deux cent
mille francs gagnés par ces quatre domoiselles,

ça vaut bien la peine de me forcer la jambe et le gosier. Mademoiselle Pur-Esprit disait bien quatre cent mille, bon an, mal an, mais cela c'est de la craquerie. Entre nous, cette Pur-Esprit, qui a l'air de tout mener, me fait l'effet d'une langue bien pendue; rabattons, et ne comptons que dix mille francs... Ce menu morceau vaut toujours mieux que d'être clouée sur une borne ou dans un parloir d'écoliers ou d'écolières pour vendre mes gâteaux. Quand j'y pense! Que je gagnais peu infiniment peu, sans compter les mauvais compliments de ces drôles et de ces drôlesses : Vieille, votre frangipane, c'est de la colle forte; vos meringues sentent le chou; vos biscuits tueraient un chien à quatre pas; vos tartes à la crême ont de la barbe comme un sapeur; vos massepains sont du cuir verni... Que de misères! qu'il fallait s'échiner pour gagner quelques mauvais liards! Mais laissons cela; me voici donc bel et bien ambassadrice; ambassadrice, ai-je dit, oui, ambassadrice! et pourquoi pas? d'un des premiers établissements industriels de France, peut-être d'Europe. Dis, ô fortune ma mie, si je n'ai pas eu bon nez de m'attacher à ta roue! Viens, descends de l'Olympe, beau Plutus, joli dieu des

richesses, que je t'embrasse, que je t'adore,
gros papa des liards, des sous et des écus!
(Elle se jette à genoux, puis se relève, chantant sur l'air
de Marlborough :)

Heureuse pâtissière,
Mironton, mironton, mirontaine,
Heureuse pâtissière,
Laisse là tes gâteaux !

Je suis l'ambassadrice,
Mironton, mironton, mirontaine,
Je suis l'ambassadrice
D'une grosse maison.

Par jour dix francs de rente,
Mironton, mironton, mirontaine,
Par jour dix francs de rente,
N'est-ce pas très joli ?

Sans compter un vingtième,
Mironton, mironton, mirontaine,
Sans compter un vingtième
De deux cent mille francs.

(En ce moment elle entend ces dames venir; elle vide
d'un trait son verre, où elle n'a bu que lentement avec
une petite cuillère. — Elle remet les choses à leur place,
et va s'asseoir dans une petite loge séparée sur le devant
du théâtre.)

SCÈNE III.

La Même, MADAME SAINT-PROSPER, ses deux Filles et sa Nièce, MADEMOISELLE GRACIEUSE.

PUR-ESPRIT, d'une voix pointue. — (Elle ne parlera jamais autrement.)

Eh bien ! madame, avez-vous annoncé partout notre heureuse venue ? Cette belle ville de Brésillac se remue-t-elle pour nous voir ?

LA CONCIERGE.

Oh ! pour cela je puis vous l'assurer. Nos dames auraient l'oreille dure et le goût détestable si elles n'arrivaient pas ici par paquets.

DOIGT-DE-FÉE.

Vous avez distribué tous nos prospectus ?

LA CONCIERGE.

Rien dans les mains, rien dans les poches !

DOIGT-DE-FÉE.

Et qu'avez-vous dit, selon l'occasion ?

LA CONCIERGE.

Attendez... voici un peu de mon annonce. Allongeant ou raccourcissant mon article, je...

PUR-ESPRIT, à Doigt-de-Fée.

Son article, hein! elle a saisi le genre...

LA CONCIERGE.

Mon article selon la quantité et la qualité du monde que j'arrêtais au passage, j'ai donc dit à peu près comme ça : Venez, mesdames et mesdemoiselles, venez, accourez au palais des beaux-arts et de l'industrie! Rien n'a jamais paru encore de semblable, ni en France, ni en Italie, ni en Angleterre, ni en Allemagne, pas même chez les Iroquois ou chez les Lapons! Approchez! il y en a pour tous les goûts et pour tous les âges! — J'ai dit comme ça : Mademoiselle Doigt-de-Fée vous donnera presque pour rien des assortiments de robes de toutes saisons, des jupes, des corsets, des crinolines, des robes, des mantelets; venez voir ça! — Mademoiselle Sans-Pareille vous offrira le plus riche étalage de modes anciennes et nouvelles! Quels chapeaux, quels fichus flambants! quelles coiffures en fleurs qui sont vraies et qui ne le sont pas! Et ces rouleaux de batiste, de dentelles de rubans qui se mangent entre eux, tant il y en a! que sais-je?... Venez voir ça! — Vous voulez bien, n'est-ce pas,

vous approvisionner de collets, de collerettes
mignonnes, de chemises bien tournées? donner à messieurs vos époux, vos fils ou vos
frères de belles cravattes chinées ou satinées?
Approchez! rien ne vaut les merveilleux
chefs-d'œuvre de mademoiselle Goût-Parfait;
venez voir ça ! — Mais, me direz-vous, nos
petites filles ont quelquefois à offrir des compliments, des souhaits de fête ou de bonne
année à adresser à leurs parents, à leu
amies, à leurs maîtresses; des pièces de ve ,
des comédies à faire pour s'amuser en soi.ce
avec leurs jeunes compagnes; nous n'avons,
nous, aucun loisir pour leur travailler ces
importantes choses. Eh bien! vous répondrai-
je, accourez! mademoiselle Pur-Esprit vous
tapera en un clin-d'œil ces mène-bonbons,
ces porte-cadeaux; et comme ce sera tourné,
gracieux, spirituel, joli, enchanteur! Venez
voir ça !

PUR-ESPRIT.

Bien! très bien! Et vous avez annoncé l'ou-
verture de notre palais pour midi, n'est-ce pas?

LA CONCIERGE.

Midi précis! ça va venir.

PUR-ESPRIT, à la concierge:

Alors, madame, passez à votre poste.

Tenez-vous bien aux aguets! Au fur et à mesure, appelez mademoiselle Gracieuse, chargée d'introduire les amateurs... Et nous, allons, en place! Sonnons notre monde!

(Chacune des cinq va s'asseoir sur une table séparée chargée de l'assortiment qui a rapport à son état. Mme Saint-Prosper est en avant, assise devant un comptoir. Quatre ouvrières arrivent et vont s'asseoir chacune auprès de sa maîtresse respective.)

SCÈNE IV.

Les Mêmes, QUATRE OUVRIÈRES, MADAME KIVOIKLAIR ET SA FILLE.

(On sonne. La concierge ouvre.)

MADAME KIVOIKLAIR.

C'est ici le magasin de l'industrie?

LA CONCIERGE.

Le magasin! Le palais, madame, de l'industrie et des beaux-arts... Je vais annoncer madame?...

MADAME KIVOIKLAIR.

Annoncez, si vous le voulez, madame Kivoiklair et sa fille.

LA CONCIERGE appelle.

Mademoiselle Gracieuse, annoncez madame Kivoiklair et sa fille. (Elle vient et les introduit.)

MADEMOISELLE GRACIEUSE.

Vous désirez?

MADAME KIVOIKLAIR.

Un joli chapeau d'hiver pour mon enf ant.

MADEMOISELLE GRACIEUSE, leur montrant.

C'est ici... Mademoiselle Sans–Pareille, veuillez parler à madame la comtesse Kivoiklair et à mademoiselle sa fille.

MADAME KIVOIKLAIR.

Comtesse ! pas le moins du monde : Kivoiklair tout court.

SANS–PAREILLE.

Votre grâce, madame, votre dignité, vous donnent assurément plus que ce titre... Il est des duchesses qui...

MADAME KIVOIKLAIR.

Vous êtes, il paraît, très habile en compliments, mademoiselle, mais je vous en tiens quitte : les compliments ne me vont guerre... Je voudrais, pour ma fille, un chapeau d'hiver; montrez–moi ce que vous avez de plus frais, de plus étoffé. Voyez ce beau petit front, ces jolis cheveux blonds !

SANS–PAREILLE.

A ravir ! Beauté angéliqne ! Rarement nous avons affaire à d'aussi charmantes têtes. (Elle sort d'une malle trois ou quatre vilains chapeaux fanés, et dit en les étalant :) Voici qui relèvera merveilleusement ce front et cette chevelure de princesse. (Puis, se tournant du côté de Pur-Esprit, elle lui dit à voix basse :) Est-ce bien s'y prendre ?

PUR—ESPRIT, sur le même ton.

C'est de l'or en barre... Continue !

MADAME KIVOIKLAIR.

Mais je ne vois là rien qui me convienne.

SANS—PAREILLE.

Comment ! (Elle en prend un et le place sur la tête de l'enfant qu'il couvre jusqu'au nez.) Dam ! elle rougit, la chère enfant ! A cet âge on est si timide ! (Plus l'enfant le repousse, plus elle insiste.) Laissez, laissez, belle enfant, ce chapeau vous rend délicieuse !

MADAME KIVOIKLAIR.

C'est que votre chapeau, d'un goût de l'autre monde, la coiffe horriblement.

SANS—PAREILLE.

Pourtant c'est ce que nous faisons de plus mirobolant ! Il y a quelques jours, nous en avons envoyé douze douzaines semblables à Saint-Pétesbourg, capitale des Russies.

PUR—ÈSPRIT.

Une demande pareille ne t'a-t-elle pas été adressée, ma chérie, par le scha de Perse ?

SANS—PAREILLE.

C'est vrai, ma cousine, j'oubliais... C'est que les commandes sont si nombreuses !...

MADAME KIVOIKLAIR.

Il n'y a pas à disputer des goûts ; pour nous, nous voulons autre chose.

MADAME SAINT-PROSPER.

Que madame explique ce qu'elle désire, et demain ce sera prêt.

L'ENFANT.

Maman, un chapeau amaranthe à fleurs jaunes, comme ma cousine Lolotte ; tu sais ?

MADAME KIVOIKLAIR.

Et cela me coûtera ?...

SANS-PAREILLE.

Ce chapeau, en effet, qui tend à prendre le haut du pavé, ne vous coûtera que cinquante francs.

MADAME KIVOIKLAIR.

C'est beaucoup ce petit peu.

PUR-ESPRIT.

Daignez observer qu'il sortira de notre palais !

MADAME KIVOIKLAIR.

Soit ! Mais, remarquez-le bien, je ne m'engage d'aucune façon. Si l'objet ne me convient pas mieux que ce que vous m'avez montré, je vous le laisse pour compte.

SANS-PAREILLE.

Vous serez contente !

DOIGT—DE—FÉE.

Ne pourriez-vous pas, madame, laisser à la caisse un petit à-compte, sinon la totalité... Nos dépenses sont considérables; ces ouvrièrès, vous le savez, ne peuvent pas régler leur appétit au gré des acheteurs. (M**me** Kivoiklair paraît fort étonnée.)

PUR—ESPRIT, continue:

Nous faisons tout au comptant; la rapidité de nos voyages et l'énorme quantité des ventes nous oblige à cette mesure d'ordre. Au moment où la caissière vous enverrait notre reçu, vous pourriez être absente : de là un embarras pour vous, madame, et pour nous des va-et-vient en pure perte.

MADAME KIVOIKLAIR.

Dans ce cas je donnerai mes ordres à ma gouvernante.

DOIGT—DE—FÉE.

Vous semblez vous défier.... Cependant, madame, il vous serait aisé de vous informer sur notre loyauté, activité et dextérité auprès de l'ambassadeur d'Espagne.

MADAME KIVOIKLAIR, avec dédain.

Non, envoyez votre travail, et puis j'aviserai, voilà tout. Bonsoir, mesdames. (Elle sort avec sa fille.)

SCÈNE V.

LES MÊMES, Mmes VEUDUBON ET VEUDUBEAU.

MADAME SAINT-PROSPER, aux quatre maîtresses.

Bon début! cela doit vous donner courage.

MADAME VEUDUBON, qui a sonné.

(A la concierge.) Voulez-vous nous introduire dans le palais de l'industrie?

LA CONCIERGE fait une révérence, et crie :

Mademoiselle Gracieuse, deux dames!

MADEMOISELLE GRACIEUSE.

Qui annoncerai-je?

MADAME VEUDUBON.

Mesdames Veudubeau et Veudubon. (La concierge répète ces mots et introduit.) Nous désirons acheter de la lingerie.

GOUT-PARFAIT.

Mesdames, daignez approcher.

MADAME VEUDUBON.

Il nous faudrait une douzaine de chemises avec autant de cols pour deux enfants de dix à treize ans, le fils de madame et le mien.... dans les prix élevés.

GOUT-PARFAIT.

Nous ne confectionnons pas à la pacotille...

Je revois tout ; moi-même je fais mes achats :
aussi n'avons-nous que des prix toujours élevés.

MADAME VEUDUBON.

C'est bien, veuillez montrer. (Goût-Parfait sort
un paquet de chemises et de cols.) Mais ces calicots où
ces toiles, car je ne sais trop ce que c'est,
sont des rebuts de boutique pour les rouliers
et les paysans. (A Mᵐᵉ Veudubeau.) Regardez
donc cela un peu de près.

MADAME VEUDUBEAU.

De près... oh! cela se voit d'assez loin.
C'est grossier ; ces points, ces coutures de fil
écorcheraient la peau de nos chéris. Fi donc.

PUR-ESPRIT.

Mademoiselle Goût-Parfait, montrez alors
autre chose ; il me semble avoir vu dans votre
atelier des chemisettes magnifiques, et vous
devez avoir des chemises qui assortissent...
La multitude de vos demandes vous fait oublier
vos plus jolis articles.

GOUT-PARFAIT.

Ah! c'est vrai... (A l'ouvrière.) Montez, chère
enfant, les chercher dans la grande armoire
à gauche, chambre numéro cinquante-trois.

MADAME VEUDUBON.

C'est vous qui les avez travaillées, mademoiselle?

GOUT–PARFAIT.

Moi–même.

MADAME VEUDUBEAU.

Oh ! c'est bien , nous sommes fixées ; nous
repasserons. Salut, mesdames ! (Elles font la révérence dédaigneusement , et sortent.)

SCÈNE VI.

LES MÊMES , UN GROUPE D'ÉCOLIÈRES.

MADAME SAINT–PROSPER , aux quatre maîtresses.

Et de deux ! Qu'il en vienne beaucoup
comme cela, et vous gagnerez gros.

LA CONCIERGE.

Vous venez ici, mesdemoiselles, toutes
seules, sans maîtresses ni mamans ?... C'est
drôle cela.

L'UNE D'ELLES.

Elles nous ont chargées de voir pour leur
rendre compte. (Elles sont introduites par Mlle Gracieuse, qui se borne à dire :) Mesdames, voici de
charmantes élèves.

(Les élèves passent, examinant tout avec dédain , montrant du doigt et chuchottant entre elles; elles ressortent
sans échanger un seul mot avec les marchandes qui les
regardent.)

2

SCÈNE VII.

LES MÊMES.

PUR—ESPRIT.

Les sottes, les impertinentes !...

MADAME SAINT—PROSPER.

S'il n'y avait pas ici des oreilles de trop,
mademoiselle Pur-Esprit, je dirais bien quelque chose; mais j'ai promis de la patience,
j'en ferai preuve jusqu'à ce que tu demandes
merci.

PUR—ESPRIT.

— A votre âge ce découragement se conçoit,
même lorsqu'il est provoqué par les babioles
les plus insignifiantes.

MADAME SAINT—PROSPER.

Insignifiantes... Les as-tu entendues rire
et se moquer, ces jeunes visiteuses? Et
comme leurs petites langues vont achalander
ton palais !

PUR—ESPRIT.

N'était le profond respect que j'ai pour vos
hautes vertus et votre prudence, je vous
dirais, chère tante, depuis quand a-t-on vu
des mioches, des bredill^   porter sur quoi

que soit un œil attentif et sérieux, un jugement qui ait la moindre valeur? Qui voudrait
seulement donner cinquante centimes de leur
plus favorable opinion? Laissez-les donc
bavarder tout à leur aise. Seulement, puisque
ces visites-là vous inquiètent, (à Mlle Gracieuse.)
mademoiselle Gracieuse, avertissez la con-
cierge de ne laisser entrer que des personnes
raisonnables. (Mlle Gracieuse s'incline, parle à la
concierge. — En ce moment on sonne : elle revient,
annonçant madame Pasaisée.)

SCÈNE VIII.

Les Mêmes, MADAME PASAISÉE.

MADAME PASAISÉE.

J'ai appris, mesdames, que vous aviez un
magnifique assortiment sinon de robes toutes
prêtes, du moins d'étoffes pour en confec-
tionner.

DOIGT-DE-FÉE.

On vous a dit vrai : en abondance nous
avons du gris, du jaune, du bleu, du noir,
du blanc, du vert, du rose, du moiré avec
leurs milliards de nuances; de la soie, de la
batiste, du jaconat, du mérinos, de la den-
telle; de tous les tissus en un mot qui se

fabriquent du pôle arctique au pôle antarctique, du levant au couchant.

MADAME PASAISÉE, regardant et touchant une pièce.

C'est un barége bien commun et bien terne.

PUR—ESPRIT.

Oh ! que votre erreur est grande, ma respectable dame ! ce tissu-là nous vient directement de Chandernagor.

MADAME PASAISÉE.

Chandernagor !...

DOIGT—DE—FÉE.

Ville de l'Indoustan : c'est une des colonies françaises sur laquelle nous avons bien fait de mettre la main.

MADAME PASAISÉE.

J'ignorais... toujours est-il que ma domestique serait peu flattée de recevoir de moi une mascarade pareille. Passons donc... ôtez cela. Ouvrez ce coffret, étalez ici autre chose qui vienne de moins loin et soit français tout simplement.

DOIGT—DE—FÉE.

Voici de l'azuré qui ira très bien avec votre chevelure blonde et vos yeux bleus. Nous en avons considérablement écoulé à Constantinople et dans le Maroc ; à Londres cela faisait

fureur ; la fine fleur de l'aristocratie italienne
ne voulait que cet article.

MADAME PASAISÉE.

Je ne nie pas cet enthousiasme des cinq
parties du monde ; mais pardon, mille fois
pardon ; si je n'ai pas perdu la mémoire et le
nom des choses, j'appelle cela un mérinos
usé et ranci dans un fond de magasin, racheté
par quelque fripier avec rabais de quatre-
vingt-dix-neuf pour cent... Mais vous avez des
robes, montrez ; peut-être au moins votre
coupe me conviendra : on vous a annoncée
comme une tailleuse hors ligne. (Doigt-de-Fée
semble rougir de modestie.)

PUR—ESPRIT.

Lorsqu'il s'agit d'elle-même, ma cousine
chérie est si timide et si modeste, que son
front se colore immédiatement, et elle perd
la parole.

MADAME PASAISÉE.

Cela fait son éloge.

SANS—PAREILLE.

Montre à madame celle que tu as déposée
dans mes appartements pour mon petit lever
du matin.

DOIGT—DE—FÉE.

Mais non, il est plus simple que madame

2..

prenne la peine de jeter un regard sur celle de mademoiselle Pur-Esprit ; une fois la semaine elle s'en sert dans notre palais de l'industrie.

MADAME PASAISÉE , regardant.

Et vous estimez la robe ici présente de mademoiselle Pur-Esprit ?...

DOIGT-DE-FÉE.

Je ne pourrais en céder une semblable à moins de quatre cents francs ; et si nous faisons cette remise, c'est par déférence pour vous d'abord, noble dame, et puis pour diminuer un peu le poids de nos caisses, obligées que nous sommes de nous rendre au plus tôt à Bordeaux, à Toulouse, à Marseille, etc. ; partout, en descendant et en remontant ce célèbre port de France , on nous demande, on nous attend avec impatience.

PUR-ESPRIT , tenant un paquet de papiers.

Tenez , madame , voyez le menu de notre correspondance de ce matin.

MADAME PASAISÉE.

J'ai bien regret, mesdames, de vous avoir importunées.... Décidément j'ai perdu la mémoire et le bon goût... Un de ces jours sans doute j'apprécierai mieux vos talents et vos travaux. Adieu, mesdames, au revoir ! (Elle sort.)

SCÈNE IX.[1]

LES MÊMES.

PUR–ESPRIT.

Nous eussions mieux fait d'aller dans une grande ville que dans cette espèce de stupide et gros village. Rien ne le prouve mieux que l'absence complète de gens pour qui la poésie, les lettres et l'éloquence soient des termes connus. Voyez si une seule imbécile s'est approchée de ma tablette. O Brésillac ! on n'aime chez toi que la bagatelle, on ne cultive que la bêtise !...

SANS–PAREILLE.

Hein ! hein ! cousine, notre mère avait donc raison ; Brésillac compte quinze mille âmes, c'est quelque chose... Dans une ville plus importante notre échec eût été plus complet, tu sembles commencer à le comprendre. Oui, malgré ton éloge de nos talents, nous ferons peu ou rien. Pourquoi ? Parce que nous ne sommes pas outillées et approvisionnées pour avoir des chalands autres que des bêtes ; est-ce évident ?

PUR—ESPRIT.

Ingrates et sottes ! Mieux valait, n'est-il pas, rester dans notre trou?... Toujours la même chanson !

SANS—PAREILLE, vivement.

Nous y eusses-tu laissées, belle langue emmiellée ! j'aimerais mieux m'appeler Catherine tout court, porter ma bonne robe de droguet, mon mouchoir de gros coton et mes lourds sabots au milieu de ces braves gens de Meilhac, qui nous aimaient et ne nous laissaient pas manquer de travail, que d'être ici manchées en belles dames pour éprouver des humiliations, y dire des sottises à faire braire les ânes à demi-lieue, et finalement, sans les économies de notre mère, mourir bel et bien.... de faim.

PUR—ESPRIT, d'un ton solennel et dédaigneux, s'adresse aux ouvrières.

Mes enfants, et vous, mademoiselle Gracieuse, je suis attristée mais non pas étonnée du langage que tiennent ces dames. Sachez donc que depuis dix ans que nous parcourons la France, elles m'ont accoutumée à ces sortes de réflexions déplacées, humiliantes, et capables de décourager mon âme si elle était pétrie de papier mâché. Vous saurez bientôt par cœur ce qu'elles disent et ce qu'elles diront toutes les fois qu'ici ou là nous rencontrerons quelques difficultés. N'ayez donc pas de crainte ; avec nous vous êtes sur le chemin de la fortune. C'est moi qui me charge d'acquitter largement le prix de vos journées.

MADAME SAINT-PROSPER.

De quelle monnaie les paieras-tu, belle diseuse, si nous les gardons encore trois jours ? Elles sont cinq, la concierge fait six ; notre bourse, presque pleine à notre départ de Meilhac, nous offre, sais-tu combien ? (Elle compte. Dans ce moment quelqu'un sonne, et la concierge appelle Mlle Gracieuse.)

SCÈNE X.

Les Mêmes, MADAME LA BARONNE DE LAPROSE et SA FILLE.

MADEMOISELLE GRACIEUSE.

Mademoiselle Pur-Esprit, j'ai l'honneur de vous présenter madame la baronne de Laprose et sa demoiselle.

PUR-ESPRIT, aux autres.

Ah ! ah ! enfin, voici la clef de nos succès : laissez-moi faire seul.. (A la baronne.) Agréez, vénérée dame, nos plus respectueux hommages.... J'avais ouï parler de vous; plus que toute autre votre confiance nous est précieuse et nous honore.

MADAME DE LAPROSE.

Vous êtes bien gracieuse, mademoiselle, et je vois qu'en venant près de vous mon attente sera dépassée.... J'ai un oncle maréchal de France; son auguste épouse, ma tante par conséquent, est pleine de tendresse pour ma fille chérie. Voici le jour de sa fête.... vous comprenez déjà l'objet de ma demande. La reconnaissance est un devoir pour tous les cœurs bien nés. Comme il m'est de toute façon impossible de composer une ou deux pages à la hauteur des circonstances, vous plairait-il de travailler à ce compliment?

PUR—ESPRIT.

Très volontiers, madame la baronne.... Vous le voulez en belle poésie, n'est-ce pas?... seul genre admissible pour un ange de quinze à seize ans comme mademoiselle, et pour une maréchale de l'empire français.

MADAME DE LAPROSE.

Votre goût sera le mien.... Et vous pourrez m'envoyer cette pièce dans combien de jours?

PUR-ESPRIT, *souriant avec suffisance.*

Combien de jours ?... Mais d'abord, mais à l'instant même... Veuillez vous asseoir.

MADAME DE LAPROSE, *s'asseyant.*

Quelle étonnante facilité ! Votre réputation est vraiment au-dessous de vos mérites.

PUR-ESPRIT.

Oh ! non, j'ai peu de mérite en cela... L'improvisation, sur quelque sujet que ce soit, est un habitude qu'il ma été permis de contracter depuis longtemps, je dirais presque dès ma petite enfance.

MADAME DE LAPROSE.

Heureuse nature ! Privilège rare chez les auteurs les plus en renom !

PUR-ESPRIT.

A vrai dire, les génies supérieurs ne possèdent pas toujours à ce degré cet assemblage divin des fruits de l'art et de la nature.... Nous disons : compliment en poésie, n'est-ce pas ? (A son ouvrière.) Prenez la plume ! (Après un instant de méditation pleine de grimace, elle dicte. — Pendant cette dictée, Pur-Esprit fait des poses savantes. Madame de Laprose écoute avec étonnement, la fille contient ses éclats de rire.)

O ma tante la maréchale,
Sur le plateau de l'univers
Si divers...

Cette cadence, voyez-vous, madame, est charmante et imprévue ; c'est une musique.

Non, n'en doutez point, rien n'égale
La hauteur des pensers offerts
Dans mes vers....

Cette triple négation de la félicitation est la confirmation de l'affirmation de la félicitation commencée.

MADAME DE LAPROSE.

N'est-ce pas un peu hardi pour une enfant de quinze ans? Dire que rien n'égale *la hauteur de ses pensers,* c'est prétentieux pas mal, ce me semble.

PUR-ESPRIT, avec un sourire.

Cela c'est l'enthousiasme lyrique... *Hauteur* veut dire que le génie du cœur a pris son vol.

MADAME DE LAPROSE.

Soit !...

PUR-ESPRIT.

Au contraire, il faut même donner maintenant à cette idée un costume transparent, splendide. (A l'ouvrière.) Ecrivez !

Et pourtant ma reconnaissance
Ne sait pas dire vos bienfaits
Si bien faits....

Bienfaits, si bien faits ! Remarquez comme

c'est ingénieux, noble, délicat! En poésie nous nommons ces embrassades de mots *simplicité sublime;* le vulgaire ne les sentirait pas; mais une maréchale....

> Je supplie en vain l'éloquence
> De me prêter ses attraits
> Plus parfaits....

LA FILLE, *riant.*

Maman, je n'écrirai jamais cela; ma tante se moquerait de moi; elle verrait bien d'ailleurs que je ne suis pas l'auteur d'un compliment si ridi.... si comi.... si savant, veux-je dire.

PUR—ESPRIT.

Ne craignez point, mademoiselle; dites-moi au juste ce que vous désirez, je puis prendre le ton qui vous conviendra.

LA FILLE.

Maman, je voudrais qu'on me fît parler comme tout le monde.

PUR—ESPRIT.

Alors ce langage serait au-dessous du rang d'une des premières dignitaires de la première nation du globe. Savez-vous, mademoiselle, qu'à la cour on ne se sert que d'expressions neuves, imagées, colorées, pittoresques, frappantes, saisissantes, brillantes, étincelantes!

LA FILLE.

Maman, cela m'est égal; je veux parler comme je parle habituellement.... Ma maîtresse m'a toujours dit que la première qualité d'un compliment, c'était le naturel. D'ailleurs pourquoi des vers? je n'en ai jamais fait, je ne sais pas les faire. De la prose, s'il vous plaît, maman.

PUR—ESPRIT, saisit le papier et le déchire avec dédain.

A cela ne tienne, madame; de la prose, je le veux bien... (A l'ouvrière.) Mademoiselle, écrivez!

« Ma respectable et chère tante,

» Avant l'épanouissement désiré de l'aurore qui doit imprimer à mon cœur une dilatation délicieuse par le rayonnement fécond et bien—aimé des pensées convergentes avec les sentiments, les souhaits et les aspirations qu'elle mettra dedans.... »

LA FILLE, souriant.

Maman, je ne parlerai jamais de cette façon. Dites à mademoiselle qu'elle parle trop bien pour moi. Venez, remerciez-la, et retirons-nous.

MADAME DE LAPROSE, embarrassée.

Vous l'entendez.... Je regrette que ma fille soit si modeste; elle a été élevée comme cela, elle ne veut que des choses simples.

PUR—ESPRIT.

J'oserai dire si peu connaisseur.... Mais à son âge !...

MADAME DE LAPROSE.

Eh bien ! oui.... mais enfin je ne saurais la contrarier en cette occasion.... Pardon mille fois, mademoiselle ; exigez-vous quel-que chose pour ces deux ébauches ?

PUR—ESPRIT.

Mais, madame, je puis vous satisfaire....

MADAME DE LAPROSE.

Non, non, terminons là.

PUR—ESPRIT.

Je n'insisterai donc pas, et je tiendrai compte de cet inconvénient, quoiqu'il n'y ait point de ma faute. Je me restreins donc à cent francs.

MADAME DE LAPROSE, étonnée.

Cent francs !... y pensez-vous ?

PUR—ESPRIT.

Je ne puis à moins.

MADAME DE LAPROSE.

Mais nous avons ici à deux pas un écrivain public qui a de l'habitude, et qui ne com-pose pas mal du tout ces sortes de fariboles à vingt sous l'heure. Je vous dois donc au plus vingt sous.

PUR-ESPRIT, froidement et avec hauteur.

Madame la baronne ne veut sans doute pas laisser ignoblement traîner son nom devant les tribunaux ?

MADAME DE LAPROSE, avec dignité.

Si je n'étais chez vous, je répondrais par un simple mot à ces paroles vraiment étranges; souffrez donc que je me retire..... Le juge de paix décidera entre nous. J'attends l'acte de votre huissier. (Elle sort.)

SCÈNE XI.

LES MÊMES.

MADAME SAINT-PROSPER, aux ouvrières et à Mlle Gracieuse.

Montez à l'atelier, mesdemoiselles, nous avons quelque chose à régler en famille; dans un instant nous vous rejoindrons. (A sa nièce, avec indignation.) Eh bien ! sotte et orgueilleuse Léonarde, il ne sera plus question, je pense maintenant, de mademoiselle Pur-Esprit. Vaniteuse fille, l'expérience ne suffit-elle pas? Dès ce soir nous allons être

la risée de tout Brésillac, et chassées d'ici
comme des coureuses, comme des aventu-
rières ! Espères-tu encore jeter de la poudre
aux yeux des gens, ne rencontrer que des
niais, des imbéciles pour en faire des dupes ?
Réponds, réponds donc ! (Elle ne dit rien.) Et toi,
Doigt-de-Fée, toi mauvaise et coupable
Marguerite, qui as entraîné tes sœurs et moi-
même, persisteras-tu dans cette voie rui-
neuse et insensée ? ta démence a-t-elle passé ?
(Elle ne dit rien.) Oh ! qu'une mère est malheureuse quand elle n'a que des enfants légers,
frivoles et privés de bon sens. Aussi pourquoi serais-je assez faible pour vous consul-
ter encore ? Voici mes ordres, entendez-le
bien : vous avez attaché par tromperie à votre
service une pauvre femme et cinq jeunes filles ;
je les paierai, mais en leur avouant toute la
vérité pour obtenir d'elles la rupture des en-
gagements que vous avez arrachés à leur
bonne foi. Puis, dès ce soir, nous regagnons
notre village, trop heureuses si nous y re-
trouvons de quoi gagner notre vie, trop heureuses surtout si vous n'y oubliez jamais que

L'AMBITION MÈNE A LA FOLIE.

L'ÉPREUVE DE L'AMITIÉ,

Comédie en trois actes.

PERSONNAGES.

MADAME DE BERVILLE.
MADAME D'ESTIVAL.
MADAME DE LATOUR.
MADAME D'ORMEUIL.
ROSE,
MARIETTE, } filles de chambre.
UNE MODISTE.

L'ÉPREUVE DE L'AMITIÉ.

ACTE I.

(Salle à manger. — Sur une table quelques assiettes avec des fruits et des gâteaux. — Bouteilles vides, etc., comme à la fin d'un dîner.)

SCÈNE I.

MESDAMES DE BERVILLE, D'ORMEUIL, DE LATOUR.

(Elles ont déposé sur la table leurs serviettes négligemment pliées.)

MADAME DE BERVILLE.

Vraiment, mesdames, je m'estime on ne peut plus heureuse d'avoir quitté cette pauvre ville de Tulle. J'aime déjà Paris comme si j'y étais née ; et pourtant je ne suis avec vous que depuis trois mois.

MADAME D'ORMEUIL.

Paris ! non rien ne vaut Paris ! rien n'approche du charme de ses sociétés ! A lui la

3.

grâce ! Que d'esprit dans ses salons enchan-
teurs !

MADAME DE BERVILLE.

Par reconnaissance pour ma bonne fortune,
il faut bien dire aussi qu'elle m'a traitée en
enfant gâtée ; comme elle a accumulé sur moi
ses plus rares faveurs ! Ainsi de prime-abord
à quelles douces et charmantes amies m'a-t-
elle donné de serrer la main.... Des amies !
Or, pour mon cœur et mes goûts, tout
est là.

MADAME D'ORMEUIL.

Ces amies n'ont pas eu grand mal à se
faire douces et charmantes avec une personne
aussi aimable et aussi gracieuse que madame
de Berville. Vous n'étiez pas née pour végéter
en provinciale, noble amie !

MADAME DE LATOUR.

Oui, tout le bonheur est pour nous. Dès
que je vous ai vue, madame, j'ai senti que
mes tendresses les plus sympathiques vous
étaient acquises. En vous rien, ni de loin ni
de près, ne sent ce je ne sais quoi qu'on
nomme la province.

MADAME DE BERVILLE.

Merci mille fois de votre affection ! Puissé-je
vous convaincre de la sincérité de la mienne.

MADAME D'ORMEUIL.

Votre cœur, vos manières, sont déjà l'objet continuel de nos causeries intimes. Comme madame de Latour, je puis vous assurer que nos sentiments de franche et vive amitié ne vous feront jamais défaut.

MADAME DE BERVILLE.

Merci encore, mes délicieuses dames. Je me félicite d'autant plus de vous avoir rencontrées, qu'à vrai dire j'ai, quoique bien jeune encore, reconnu avec les moralistes de toute nuance que la véritable amitié est chose très rare.

MADAME D'ORMEUIL.

Qui ne surabonderait dans votre sens! Aussi bien, puisque la conversation est tombée sur ce chapitre philosophique et sentimental, vous dirai-je quelques mots si vous me le permettez.

MADAME DE BERVILLE.

Permettre! Mais justement l'amitié est moins que rien lorsqu'elle ne parle pas à cœur ouvert.

MADAME D'ORMEUIL.

Eh bien! donc, sans périphrase, je dirai, ou plutôt nous dirons, madame de Latour et moi, que nous ne sommes pas du tout fâchées qu'une très haute raison ait empêché madame. d'Estival de prendre part à votre exquise et charmante collation.

MADAME DE LATOUR.

Oui, en vérité, c'est une femme très bonne, si vous voulez; mais elle a dans le caractère quelque chose de froid, de prétentieux, d'équivoque, qui fait que jamais elle n'aura nos sympathies cordiales.

MADAME D'ORMEUIL.

Conversation froide, alambiquée, sentencieuse! Ne vous êtes-vous pas déjà aperçue de ces défauts, qui sont les antipodes de l'amitié?

MADAME DE BERVILLE, avec réserve.

Evidemment, qui dit amitié dit confiance entière... Oui, j'ai déjà cru remarquer ce que vous avez la bonté de me préciser si bien pour mon bonheur... mais j'attribuais ces défauts à des relations continuelles avec un monde qui n'est pas tout-à-fait le vôtre.

MESDAMES D'ORMEUIL ET DE LATOUR, avec dédain.

Le nôtre! non certes!

MADAME DE BERVILLE.

Au fait, mon mari et le sien sont camarades de collége, ils ont toujours eu des rapports d'affaires très suivis. Venant ici, je ne pouvais m'empêcher de la voir ; monsieur de Berville m'en aurait fait au besoin une obligation ; il a d'elle la plus haute idée.

MADAME D'ORMEUIL.

Oh ! je ne vous blâme pas ! mais recevoir ou rendre par an vingt, trente visites et aimer, font deux choses très distinctes.

MADAME DE LATOUR.

Ce qui me déplaît surtout, et m'éloigne singulièrement d'elle, c'est cette piété, cette dévotion dont elle fait parade partout. Quand on est à l'église, en est à l'église ; se trouve-t-on dans un salon, dans une soirée, on s'y tient, on y parle comme dans un salon et dans une soirée.

MADAME D'ORMEUIL.

Oui, l'église, ses cérémonies, ses fêtes, ses prédications. Et puis elle a toujours à vous entretenir des pauvres, des malades ; elle vous décrit, en vrai peintre italien, des mansardes délabrées, des foyers sans bois, des planches vides de pain, des grabats d'où les couvertures sont absentes ; c'est comme une mendicité déguisée et continuelle. C'est fatigant, c'est ennuyeux d'avoir devant soi quelqu'un qui, indirectement et sans répit, ne fait que tendre la main.

MADAME DE LATOUR.

Ajoutez donc, ma chère, qu'elle n'oublie
jamais de vous dire le nombre, l'âge, le sexe
des enfants ; le chômage, l'industrie, les in-
firmités du père, de la mère, des aïeuls ; la
quantité et la qualité des haillons qui les
protégent à moitié contre le froid. Evidemment, au contact de tous ces gens là — je
n'en dis pas de mal — mais enfin de ces gens
faux, grossiers, menteurs, cupides, elle
prend, sans s'en douter peut-être, un genre,
des manières, un langage détestables.

MADAME DE BERVILLE , avec hésitation.

Vous croyez donc que je ferais sagement
de rompre avec elle ?... Cependant le moyen !...
Au fond, je vous l'avoue, je n'ai jamais reçu
d'elle que des conseils pleins de délicatesse
et de réserve. Plus je la connais, plus je suis
tentée de partager à son égard l'opinion de
M. de Berville.... quoique je mette, ainsi
que vous, une différence entre l'estime et
l'amitié.

SCÈNE II.

LES MÊMES, MADAME D'ESTIVAL.

MADAME D'ESTIVAL.

Vous ayant priée, Madame, de m'excuser pour le dîner, j'ai fait tout ce qui a dépendu de moi pour suppléer ce soir, autant que possible, à mon bonheur.

MADAME DE BERVILLE, déconcertée.

Vous êtes bien aimable !

MESDAMES D'ORMEUIL ET DE LATOUR, d'une voix pâteline.

C'est nous qui avons été les plus privées. Avec vous notre douce réunion eût eu sa perfection délicieuse.

MADAME D'ESTIVAL.

Toute la privation est pour moi. Mais vraiment je ne pouvais me rendre : j'avais depuis la veille donné cette heure d'audience à une malheureuse mère de famille ; et plus qu'avec toute autre je devais tenir ma promesse... Prendre à de telles pauvresses leur temps, c'est leur prendre un morceau de leur pain.

MADAME D'ORMEUIL, à Mme Delatour, bas.

La jérémiade commence.... Egayons-nous avec cette complainte.

MADAME DE LATOUR, à Mme d'Estival.

Si j'osais vous adresser une réflexion toute respectueuse, je dirais : La charité a des droits ; mais l'amitié en a bien aussi, surtout quand elle se personnifie dans une dame aussi gracieuse et spirituelle que madame de Berville.

MADAME DE BERVILLE.

Ajoutez au moins que mesdames de Latour et d'Ormeuil ; madame d'Estival ne s'opposera assurément pas à ce que je vous mette l'une et l'autre sur la première ligne des vraies amies.

MADAME D'ESTIVAL.

Je ne saurais trop vous remercier, mesdames, de vouloir avec tant de bienveillance me placer ainsi dans votre intimité. Du reste, par elle-même, votre invitation pressante à votre tête-à-tête de ce soir ne me donne-t-elle pas directement ce doux nom d'amie ?... Il fallait donc, je le répète, un motif pressant pour m'absenter.

MADAME D'ORMEUIL, d'un ton sec.

Continuant la réflexion de madame de Latour, j'oserai, quant à moi, soutenir qu'il me faudrait des motifs un peu plus forts que celui-ci...

MADAME D'ESTIVAL, avec une fermeté polie.

Et quant à moi, je n'en connais pas de plus valable. Exiger davantage, ce serait exiger le sacrifice de devoirs autrement graves que de convenances d'amitié... Une visite, une soirée, doivent, ce me semble, céder devant la moindre œuvre chrétienne.... Je connais déjà trop la piété de madame de Berville pour être persuadée qu'elle apprécie un langage pareil, et mes raisons par conséquent, si vous le voulez bien.

MADAME DE BERVILLE, embarrassée.

Mais oui...

MADAME D'ESTIVAL.

Mais oui.... j'en suis convaincue. Une amie qui voudrait que pour elle on négligeât ses affaires de famille, ses obligations envers Dieu, envers les pauvres, ne serait qu'une égoïste déraisonnable au suprême dégré. Or l'égoïsme n'est-il pas le tombeau de l'amitié?

MADAME DE LATOUR.

Votre sentence traduite sans circonlocution serait celle-ci : les personnes pieuses sont seules aptes à devenir de vraies amies. C'est comme le Catéchisme qui dit, je crois : Méfiez-vous ; sur cent amis, à peine en est-il un de bon.

MADAME D'ESTIVAL.

Je n'ai lu nulle part cela dans le Catéchisme ; mais s'il y est écrit qu'en dehors des motifs et des règles de la religion, nulle considération humaine n'est capable de former une amitié sérieuse, solide, durable, le Catéchisme confirme ma sentence. Ma *sentence*, répété-je, puisqu'il vous plaît de me donner rang de docteur en morale.

MADAME D'ORMEUIL, à Mme d'Estival.

Cependant avouez, ma chère dame, qu'être maussade, bizarre, parfois impertinent, n'est pas une qualité en amitié.... Or, entre nous, nos personnes pieuses ne sont-elles pas un peu et beaucoup cela ?

MADAME DE LATOUR.

Oui, il en est qui ont toujours à se récrier contre les fêtes, les soirées, les spectacles, partie cependant essentielle de la vie d'une dame de bon ton.... Aucune toilette ne leur va.... toute nouvelle mode les choque, excite leur pitié.

MADAME DE BERVILLE.

La plus jeune de la compagnie ne peut avoir d'opinion arrêtée à cet égard ; je me tais donc et j'écoute....

MADAME D'ESTIVAL , restée silencieuse.

Quant à moi, je pense et je penserai toujours qu'une femme qui est bonne fille,
bonne épouse et bonne mère, est merveilleusement apte à devenir une amie véritable.
Or cette dame-là est justement la dame
pieuse. Du reste, je ne sais trop, mesdames, où aboutira cette discussion si malen-
contreuse.... que j'ai le tort d'avoir sou-
levée.

MADAME DE BERVILLE , vivement.

Oh ! ma toute bonne, vous n'êtes point en
cause ici, vous n'avez aucun tort; nul n'est
coupable dans cet épisode de notre causerie,
croyez-le bien.... Les domestiques viennent;
allons sous la charmille. Vous verrez combien nous sommes d'accord sur tous les points,
j'en suis très certaine. (Elle sort donnant le bras à
Mme d'Estival. Les deux autres dames les suivent.)

SCÈNE III.

ROSE , MARIETTE.

(Pendant qu'elles ôtent le couvert, elles tiennent cette
conversation souvent interrompue.)

MARIETTE.

Oh ! elle y va bon train, votre dame ; faut

qu'elle ait grosse bourse pour y tenir....
Voilà cinq ou six soupers bien étoffés.

ROSE.

Sans doute elle est riche ! Monsieur ne vous
a pas montré sa caisse.... Je vous ai bien dit
qu'à Tulle nous étions une des premières
maisons.

MARIETTE.

Dis pas non.... Mais ce soir, rien que pour
régaler comme ça ces quelques dames, tous
mes gages de l'année y auraient passé.

ROSE.

Pauvre provinciale ! vous ne savez donc
pas ce que c'est qu'un gros banquier ?...
Banquier, et qui n'est pas venu à Paris pour
des prunes.... Ici ses piles de pièces de cent
sous deviennent par enchantement des piles
de louis.... Vos gages, du reste, doivent
vous en dire quelque chose ; aviez-vous
jamais gagné autant?

MARIETTE.

J'ai pas à me plaindre, je n'ai encore rien
reçu, mais on m'a beaucoup promis...

ROSE.

Eh bien ! alors ?...

MARIETTE.

Ah ! dame ! c'est que ça fait de la peine de,

voir l'argent passer de cette façon par la fenêtre; il y en a tant et tant qui en ont besoin.

ROSE.

Ce souper-là a donc coûté bien gros; voyons?

MARIETTE.

Dressez vos doigts, n'oublions rien : c'est la cuisinière elle-même qui ma raconté ce dîner; elle m'a dit : ortolans, cinquante francs, pâté de foie aux truffes, quarante francs, saumon, vingt francs; bonbons, vingt-cinq francs; gâteaux, trente francs. Et maintenant ajoutez deux bonnes douzaines d'autres plats surfins et succulents, dont certainement j'ignore les noms; et les sauces ! Mais, comme moi, vous les avez bien vus et sentis. Et puis du fameux vin ! Je ne sais pas trop, mais quelque chose comme dix francs le flacon, etc., etc., etc.... Ça vous fait-y pas un chiffre terrible?

ROSE.

Vous êtes impayable, ma chère ! Sachez donc que Monsieur gagne trois et quatre fois cela rien que d'un trait de plume.

MARIETTE.

Ah ! ah ! c'est égal ! (Sérieusement). Connaissez-

vous bien ces mesdames qui ont aidé à manger ça?

ROSE.

Peu, très peu; seulement depuis que je
suis à Paris, j'ai eu l'honneur de les voir
dans nos salons.

MARIETTE.

Moi j'en connais bien qu'une.... mais je
voudrais, pour le profit de notre maîtresse,
que les deux mesdames qui soupaient là ce
soir avec elle ressemblassent du tout au tout
à celle-ci.

ROSE.

De laquelle parlez-vous?

MARIETTE.

De celle qui est arrivée il n'y a qu'un
instant.

ROSE.

Madame d'Estival peut-être?

MARIETTE.

Justement; ah! en voilà une bonne, une
sainte dame! Je suis restée deux ans à son
service, et sans des circonstances qui ne dé-
pendent ni d'elle ni de moi, j'y serais bien
encore.... Il fallait la voir : tous les matins
de très bonne heure elle allait à la messe; ses
prières finies, elle venait nous marquer notre

travail, voir si nous avions besoin de quelque
chose.... jamais de sa part ni de gronderies
ni fâchements ; ses paroles toujours douces
comme du miel. Oh! comme nous l'aimions
tous.... Et ses enfants donc, et son mari....
pas possible de dire quelle attention pour eux.
Dame! il était bien aisé de voir que le bon
Dieu se mettait de moitié dans tout ce qu'elle
disait et faisait.... Une vraie ange, quoi!...

ROSE.

Notre dame vous paraît donc méchante?

MARIETTE.

Pourquoi me parlez-vous de notre dame?
est-ce que j'en dis du mal?... Laissez-moi
ajouter qu'il y a quelque chose de bien plus
beau encore chez l'autre. Savez-vous comment
s'en allaient ses journées, une fois que sa
présence n'était plus nécessaire avec nous ou
sa famille?... Toute, toute avec les pauvres ;
elle travaillait pour eux, elle les écoutait,
elle allait les voir, et toujours de l'argent,
du sucre, du pain blanc, de bonne viande,
que sais-je?... N'y avait pas de galetas,
de réduit, d'hôpital, de coins et de recoins
où logeaient les malheureux, qu'elle ne visi-
tât elle-même. Habillée en sœur de charité,
elle n'aurait pas fait davantage.... Aussi com-

bien de pauvres, de malades ai-je vus venir !
Comme elle les accueillait, comme elle con-
solait leurs larmes, et, de leur côté, comme
ils la bénissaient, la remerciant à deux
genoux !

ROSE.

Sous ce rapport, notre dame ne fait pas
cela ; mais c'est qu'elle n'a pas le temps.

MARIETTE, hochant la tête.

Bah ! vous me parlez toujours de notre
dame, et moi je vous parle de l'autre. Ah !
qu'elle savait bien le trouver le temps ! Faut
bien dire qu'elle ne donnait pas de soupers,
n'allait pas courir tous les soirs chez le grand
monde, ne passait pas des heures entières à
éplucher sa toilette....

ROSE.

Chacun son goût, ma chère ; je n'en aime
pas moins notre dame ; elle n'est pas élevée
de cette façon, voilà tout.

MARIETTE.

Toujours notre dame ! je vous dis et répète
que je l'aime aussi ; mais, entre nous, si
par malheur elle avait un jour besoin de
n'importe quoi, ferait-elle mieux de s'adresser à la porte de madame d'Estival qu'à celle
des deux autres ; voilà la question. Et puis

mettons que nous n'avons rien dit. Histoire
de parler, n'est-ce pas, mademoiselle Rose?
(On entend une sonnette. Elle part tout de suite.)

SCÈNE IV.

ROSE, seule, pliant la nappe et les serviettes.

Cette sotte Mariette ne raisonne peut-être
pas si mal.... Il est de fait que notre dame,
depuis qu'elle est ici, devient méconnaissa-
ble. Elle ne s'occupe pas, comme à Tulle, de
sa famille, de son ménage ; elle ne songe
maintenant qu'à des niaiseries, à des riens...
Mieux que personne je puis en juger.... ce
sont ces deux dames qui la poussent dans
cette vanité — qui coûte, c'est vrai! Je les
entends : jamais elles ne lui parlent que des
nouvelles modes, de ce qui s'est passé dans
tel salon, dans ce grand dîner; comment
était vêtue madame une telle; la forme, la
couleur de sa coiffure, de sa robe, de ses
souliers, tout est passé en revue; elles ont
remarqué que ce ruban manquait de longueur,
que cette épingle avait la tête de travers.
Elles causent de ces colifichets comme d'une
affaire d'Etat. — Oui, Mariette n'y voit pas

4

si trouble ; des compagnies comme ces deux dames, c'est une perdition ; l'argent s'en va bêtement par tous les bouts. Moi qui ai vu madame de Berville grande comme ça, (elle fait un signe pour mesurer sa taille.) je finirai peut-être bien par lui dire tout doucement : Vous n'êtes pas simple et raisonnable comme autrefois ; ces compagnies vous gâtent, vous feront faire des sottises. Mais il vaudrait mieux qu'une autre que moi lui glissât cette réflexion.... Attendons encore quelque temps, et nous verrons. (Elle se retire ayant tout enlevé et mis en place.)

ACTE II.

Le théâtre représente un salon de compagnie.

SCÈNE I.

MESDAMES DE BERVILLE, D'ORMEUIL, DE LATOUR, D'ESTIVAL.

MADAME DE BERVILLE.

Ah ! voici le journal ; nous allons y trouver sans doute le compte-rendu de la soirée de

madame de Saint-Clair, dont vous me par-
liez à l'instant.

MADAME D'ORMEUIL.

Certainement; les feuilles publiques doivent en parler.... Heureuse idée ! véritable
progrès de la civilisation que cette création ,
aujourd'hui générale , des bals pour les pauvres !

MADAME D'ESTIVAL.

Heureuse, non pas selon moi. Le plaisir
aura beau changer son nom et son costume,
il ne sera jamais qu'un misérable travertisse-
ment de la charité.

MADAME D'ORMEUIL.

Permettez-moi de vous le répéter, madame
d'Estival : méfiez-vous de votre piété ; elle
vous dénature et assombrit toute chose ; vous
blâmez ici une innovation approuvée des
meilleurs esprits.

MADAME D'ESTIVAL.

Des esprits frivoles et légers.... Que la
charité s'éteignant dans les âmes on en vienne
à cette étrange fabrique d'aumônes fort peu
évangélique, que par nécessité on y ait recours, soit ! mieux vaut peut-être cela que
rien ; mais en faire purement et simplement
l'éloge, c'est un peu fort.

MADAME DE LATOUR.

Vous reconnaîtrez pourtant que cet usage est adopté même chez les ducs et les princes.

MADAME D'ESTIVAL.

Pour l'apprécier, consultez ceux qui sont censés jouir plus directement de ses fruits. Interrogez les pauvres, ils vous diront d'un mot ce qu'ils pensent de cette mode de répondre à leurs gémissements par des chansons et des danses.... S'ils regardent une telle aumône comme une insulte à leur misère, la question n'est-elle pas vidée ?

MADAME DE BERVILLE.

De grâce, mesdames, ne transformons pas ce pacifique salon en école de théologie.... (Ces dames s'inclinent et se taisent.) Bornons-nous à lire le journal; chacune gardera son appréciation sur la valeur sociale....

MADAME D'ESTIVAL.

Et religieuse.

MADAME DE BERVILLE.

Et religieuse, soit ! de cet usage introduit de nos jours, à tort ou à raison.... Du reste, vous le savez, me proposant de donner une soirée prochainement, dès que mon mari sera de retour, peut-être trouverons-nous là quelques indications utiles.

MADAME DE LATOUR.

Oh ! j'admets peu ce motif.... Avec votre fortune, votre esprit, votre bon goût, ma très chère dame, il est impossible que vous ne fassiez pas aussi bien et mieux que ce monsieur de Saint-Clair, dont la position financière est, *dit-on*, assez louche.

MADAME D'ORMEUIL.

Et dont l'épouse n'est aussi, *dit-on*, qu'une sotte orgueilleuse.... Je partage l'avis de notre excellente amie. Du reste, vous n'avez rien à apprendre de personne. Le journal aura beau décrire complaisamment cette soirée, je suis persuadée qu'en magnificence la vôtre l'éclipsera. Madame de Latour ne vous refusera pas son concours au besoin.

MADAME DE LATOUR, prenant le journal des mains de Mme de Berville.

Ni madame d'Ormeuil celui de son goût exquis.... Voulez-vous que je lise ?

MADAME DE BERVILLE.

Je puis vous éviter cette peine, vous êtes bien bonne.... Si vous voulez....

MADAME D'ORMEUIL.

Sa lecture a tant de charmes !...

MADAME DE LATOUR, lit avec emphase et ironie.

« Madame de Saint-Clair a donné avant-

4..

hier une soirée délicieuse. Depuis huit jours
on en faisait les préparatifs, que dirigeait le
tact infini de la spirituelle baronne. Aussi vai-
nement chercherions-nous à décrire la richesse
des draperies, l'éclat des lumières, le moelleux
et la beauté des siéges, le confortable du
buffet. Une musique enivrante animait cette
fête sans égale. Là, dans ces salons splendides,
tout ce que Paris a d'élégant et de riche s'était
donné rendez-vous. Les toilettes de la fraî-
cheur la plus exquise, de la forme la plus
enchanteresse et la plus variée se déployaient,
brillaient à l'envi sur ce théâtre féerique.
Commencée à huit heures, cette fête a duré
jusqu'à l'aurore. Nous remettons à demain
quelques détails particuliers, que l'heure
d'impression du journal ne nous permet pas
de coordonner. »

MADAME DE BERVILLE.

Madame de Saint-Clair a dû se retirer heureuse.

MADAME D'ESTIVAL.

Il est des bonheurs plus doux.... Félicité
d'un jour !... triomphe d'une minute !... Cette
brillante cohue s'est amusée beaucoup; ce
qui ne veut pas dire que la reconnaissance et
l'amitié y aient été pour beaucoup. En guise

de remercîment, combien en est-il qui diront aussi : Ce sont des parvenus de la sotte espèce !

MADAME D'ORMEUIL.

Vos observations, madame d'Estival, ont je ne sais quoi d'aigre et de fatigant. Vous trouvez partout matière à critique.

MADAME D'ESTIVAL.

Je me tairai désormais, car nous partons de point de vue si opposés....

MADAME DE LATOUR, qui a continué de lire pour elle seule, sans prendre part à la conversation, reprend la parole.

Voici une étrange et bien triste nouvelle. Ecoutez, mesdames : « M. de Pressenval, agent de change, vient d'être déclaré en état de faillite ouverte. Son passif s'élève à plusieurs millions; il est en fuite depuis trois jours. On dit que quelques banquiers se trouvent gravement compromis dans cette malheureuse affaire. On cite entre autres.... (Elle s'arrête. Mme de Berville est défaite et pâle. Il se fait un moment de silence.)

MADAME DE BERVILLE, d'une voix étouffée.

Qui nomme-t-on ?

MADAME DE LATOUR.

Ce n'est qu'un *on dit;* il n'y a rien de positif.

MADAME DE BERVILLE.

Mais encore....

MADAME DE LATOUR.

On désigne monsieur de Berville. Mais pourquoi vous inquiéter? Mieux que personne vous êtes à même de savoir que ce bruit et sans fondement.

MADAME DE BERVILLE, comme seule.

Il est parti il y a trois jours.... sans me dire où il allait.... Mesdames, laissez-moi vous quitter un instant. (Elle sort précipitamment.)

SCÈNE II.

LES MÊMES, moins MADAME DE BERVILLE.

MADAME D'ORMEUIL.

Quelle épouvantable surprise! quel coup de foudre! La vie peut-elle être brisée par de tels malheurs!

MADAME DE LATOUR.

Dieu écarte de moi un aussi horrible événement! La misère, l'ignominie, la honte! je n'y survivrais pas.... Pauvre dame! mieux eût valu pour elle rester ignorée dans son coin de province!

MADAME D'ORMEUIL.

Oh! vous dites bien vrai. Monsieur de

Berville a voulu sans doute habiter Paris pour y parvenir plus vite à la fortune.... Son ambition l'a jeté face à face des agioteurs et des tripots de la Bourse, et il y aura en quelques jours, dans de téméraires spéculations, dissipé la fortune qu'il avait lentement amassée à Tulle... C'est triste, et madame de Berville est victime de ces folies !... C'est triste !

MADAME DE LATOUR.

Madame de Berville n'est peut-être pas innocente dans cette affaire.... Ne nous disait-elle pas il y a un instant : Tulle m'ennuyait à mourir, rien ne me semblait doux et beau comme la vie de Paris ; aussi ai-je tout mis en œuvre pour pousser mon mari vers la capitale.

MADAME D'ORMEUIL.

C'est vrai. Mais enfin que fera-t-elle maintenant? Quel parti va-t-elle prendre? La voici déshonorée, et peut-être sans pain !

MADAME D'ESTIVAL, dont le visage se crispe en
entendant ces odieuses paroles.

Oh ! non, mesdames, elle ne sera pas sans pain ; elle ne tombera pas dans un désespoir stérile et toujours coupable. Tout malheur est une grâce, une épreuve pour l'âme chrétienne, et, j'en suis persuadée, madame de Berville considérant les choses à ce point de vue élevé, seul digne de son noble cœur, recouvrera dans la patience les consolations intimes et la force morale; si malheureusement l'étourdissement du monde les lui avait fait perdre.

MADAME DE LATOUR.

Oui, tel est bien le langage de la religion.

MADAME D'ESTIVAL.

De la religion qui n'est ni ne sera jamais en contradiction avec la raison, avec le sens pratique de la vie et l'appréciation vraie des richesses comme des pauvretés humaines. (Avec ironie.) Et puis l'amitié, vous le disiez naguère, est le premier trésor de l'âme qui a su l'acquérir. Or votre affection, votre dévouement, mesdames, ne lui sont-ils pas assurés, surtout à l'heure de la plus cruelle des infortunes?

MADAME DE LATOUR.

Très certainement nous ne reculerons pas devant un sacrifice.... mais....

MADAME D'ORMEUIL.

Comme moi, madame de Latour est épouse, elle est mère; nous avons donc des charges multiples et considérables; la bourse ne saurait s'ouvrir à tous les élans du cœur. D'ailleurs il est tant de misères auxquelles il faut tendre la main !

MADAME D'ESTIVAL, avec dédain.

Nous avons toutes plus ou moins des sommes à notre disposition ; monsieur de Latour et monsieur d'Ormeuil laissent, j'en suis sûre, à leurs épouses bien-aimées les sommes nécessaires à soutenir leur rang élevé. Eh bien ! c'est sur ces économies que j'entendais que nous prélevions au moins le pain de notre amie. Le pain, puisque déjà vous entrevoyez si noir son avenir.

MADAME DE LATOUR.

Pour prendre un engagement de cette nature, il faudrait d'ailleurs.... Mais quelqu'un vient.

SCÈNE III.

LES MÊMES, ROSE.

ROSE.

Madame de Berville est incommodée en ce moment ; elle vous prie bien, mesdames, de l'excuser de ce qu'elle vous laisse seules.

MADAME DE LATOUR, à Mme d'Ormeuil, bas:

Retirons-nous, c'est le parti le plus prudent.

MADAME D'ESTIVAL, à Rose.

Vous pensez, mademoiselle, que Madame ne descendra pas?

ROSE.

Je crois que cela la gênerait beaucoup.... qu'elle est hors d'état de quitter sa chambre... Il faut bien que Madame, qui est toujours si heureuse de vous voir, soit très mal à l'aise, puisqu'elle a ajouté : Mais priez ces dames de venir demain à midi; dites-leur que je compte sur elles.

MESDAMES DE LATOUR ET D'ORMEUIL.

C'est bien! nous tâcherons d'être là à l'heure indiquée. (Elles sortent. — Mme d'Estival reste, feignant de chercher quelque chose pour sortir.)

SCÈNE IV.

MADAME D'ESTIVAL, ROSE.

ROSE.

Oh! qu'elle fait pitié! qu'elle est triste! Comme on a raison de dire : le matin et le soir font deux !

MADAME D'ESTIVAL.

Madame n'est donc pas malade?... Seulement elle est triste, elle a quelque grande peine?

ROSE.

Oui; la tête appuyée sur ses deux mains, elle pleure, elle sanglotte.... ça fait pitié!... Son secrétaire est ouvert, et elle y cherche je ne sais quoi... J'imagine qu'elle aura reçu quelque mauvaise nouvelle; cependant je n'ai vu personne venir apporter de lettres.

MADAME D'ESTIVAL.

Cela m'afflige profondément.... Je voudrais.... Voyez Madame, je vous prie; je désire bien lui dire un mot, si cela ne la gêne pas trop.

ROSE.

Volontiers, bonne dame; d'autant plus que je n'ose trop lui parler, et que je ne sais que faire.... Si Monsieur était ici, je serais moins inquiète. (Elle sort.)

SCÈNE V.

MADAME D'ESTIVAL, seule.

Oui, je dois rester. Malheureuse femme! Peut-être son mari aura tout emporté, et elle

Veillées.   5

va se trouver sans ressources, assaillie par des créanciers qui lui seront personnels ! Au train dont les choses allaient, et sous l'influence cupide d'une société composée de dames comme celles qui étaient là, elle a dû nécessairement contracter déjà beaucoup de dettes... Elle m'écoutait peu, elle me fuyait presque... mais enfin soyons charitable. Faire la leçon aux autres quand ils sont dans l'infortune, c'est l'usage du monde ; aux yeux de la religion ce n'est que bassesse et cruauté. (Rose entre.)

SCÈNE VI.

ROSE, MADAME D'ESTIVAL.

ROSE.

Madame vous prie de l'excuser si elle ne descend pas au salon ; elle serait heureuse si vous vouliez monter dans sa chambre.

MADAME D'ESTIVAL.

Volontiers. Merci, mademoiselle. (Elles sortent.)

ACTE III.

(Même salon qu'au premier acte, mais dépouillé de tous les fauteuils et de tout beau meuble. Simples chaises, etc.)

SCÈNE I.

MADAME DE BERVILLE, seule.

Midi approche.... ces dames vont venir.... Pourquoi ne leur révélerais-je pas toute l'étendue de mon malheur? Si elles ne m'aident point, je suis perdue.... Comme l'éclair, la fatale nouvelle court déjà Paris.... Déjà chambre et salon tout est dégarni; le marchand qui m'avait prêté tous ces meubles n'a pas attendu le matin pour les enlever, et il a réclamé cinq cents francs que je n'ai pu que lui faire espérer.... Cinq cents francs, c'est bien le moins qu'il me faille pour payer les gages échus de mes domestiques et retourner à Tulle demander à mon frère un asile et du pain pour mon enfant et pour moi. Oh! qu'il faut que le mal soit grand, puisque mon mari ne m'a laissé qu'une aussi misé-

rable somme! (Elle lit une lettre pliée dans ses mains.)
Vingt fois déjà j'ai lu ces douloureuses lignes,
et je ne puis en croire mes yeux....

SCÈNE II.

MADAME DE BERVILLE, ROSE.

ROSE.

Une dame demande à vous parler.

MADAME DE BERVILLE.

Priez-la de revenir vers trois heures.

ROSE.

Je lui ai répété que vous ne pouviez la
recevoir à présent; mais elle a insisté....
C'est, je crois, votre modiste.... Il faut absolument que je la voie, a-t-elle dit; si madame
est dehors, eh bien! j'attendrai qu'elle ren-
tre; mais je ne bouge pas d'ici!

MADAME DE BERVILLE.

Oh! ciel! déjà!... Faites-la donc monter.

SCÈNE III.

MADAME DE BERVILLE, LA MODISTE.

LA MODISTE.

Madame, j'ai aujourd'hui même une facture

de rubans à payer à mon correspondant de Lyon, et je viens vous prier de me solder votre compte.... Je vous demande pardon....

MADAME DE BERVILLE, embarrassée, prenant le billet et le lisant tout bas.

Trois cent dix-sept francs ! Une somme aussi petite ne saurait gêner une maison considérable comme la vôtre.

LA MODISTE.

C'est vrai, madame ; mais vous savez, dans les affaires il est des moments de gêne.... On n'aime pas à emprunter quand on a de quoi....

MADAME DE BERVILLE.

Emprunter à une maison amie est chose commune et peu humiliante.

LA MODISTE.

Oh ! les amis empruntent et reçoivent même volontiers ; mais pour prêter et donner, c'est autre chose.... Par le temps qui court es vrais amis sont rares. Dans votre grand monde à vous, il se peut qu'on en trouve ; dans le mien c'est fort clair semé.... Enfin, madame, vous m'aviez dit de passer quand il me conviendrait ; je n'use donc que du droit que vous avez voulu m'accorder de bonne grâce.

MADAME DE BERVILLE.

Je ne vous retire pas ma parole ; mais en ce moment je ne puis vous payer, car M. de Berville est absent, et par mégarde il a emporté la clef de la caisse réservée aux dépenses domestiques.... Je vais, si vous le voulez, vous souscrire un billet payable dans trois mois, trois semaines, si vous y tenez.

LA MODISTE, hésitante.

Un billet ! Je préfèrerais de l'argent.... Je ne sais pas.... J'ai entendu dire....

SCÈNE IV.

LES MÊMES, MADAME D'ESTIVAL.

MADAME D'ESTIVAL.

Je vous dérange, madame ; vous êtes en affaire : je repasserai dans quelques minutes.

MADAME DE BERVILLE.

Oh ! non. Veuillez prendre un siége.

LA MODISTE.

C'est moi, mesdames, qui vous demande pardon ; j'ai terminé dans l'instant.... Cela dépend de madame de Berville.

MADAME DE BERVILLE.

Mais je n'ai d'autre réponse à vous faire...
À vous de voir.

LA MODISTE.

Non, madame, cette proposition ne peut me
convenir en ce moment.

MADAME DE BERVILLE.

Et alors ?

LA MODISTE.

Je ne puis m'en aller ainsi. J'en suis déso-
lée, mais trois cent dix-sept francs m'en
valent trois mille tout à l'heure.

MADAME D'ESTIVAL, dont la figure s'est assombrie
en voyant la disparition des meubles, et qui se
tenait un peu à l'écart, approche.

Pourquoi tant insister, madame Martin ?
Madame de Berville est gênée par un contre-
temps qu'elle vous a dit peut-être, mais vous
savez bien que votre créance est assurée.

LA MODISTE.

Assurée ! si nous étions seules, respectable
dame d'Estival, je vous dirais mes raisons....
Vous êtes trop juste pour ne pas les apprécier.

MADAME D'ESTIVAL.

Que madame vous fasse un billet payable
d'ici à quelques jours, cela ne suffit-il pas ?

MADAME DE BERVILLE.

C'est ce que je viens d'offrir à madame.

MADAME D'ESTIVAL.

Vous êtes bien méfiante, madame Martin.

LA MODISTE.

Avec une caution, je ne dis pas....

MADAME D'ESTIVAL.

Qu'à cela ne tienne. Ma signature vous convient-elle ?

LA MODISTE.

Oh ! mille fois oui !

MADAME D'ESTIVAL.

Eh bien ! madame de Berville, prenez la plume et faites-lui ce billet.

LA MODISTE.

Vous m'humiliez, madame d'Estival ; votre parole vaut pour moi cinquante signatures.... Je me retire satisfaite. (Elle sort.)

SCÈNE V.

MESDAMES D'ESTIVAL, DE BERVILLE.

MADAME DE BERVILLE, embrassant Mme d'Estival.

Merci, merci mille fois ! Quelles humiliations sanglantes ! quelles tortures !... Et ce n'est là que le début.... Oh ! qu'arrivent vite nos bonnes amies pour que je vous découvre l'horreur de ma position, et que je vous inspire un peu de pitié !

MADAME D'ESTIVAL.

Calmez-vous, ma bien-aimée dame ! patience ! Ces duretés-là sont une conséquence naturelle d'un événement dont la rumeur publique et la malveillance augmentent toujours la gravité.

MADAME DE BERVILLE, la tête appuyée sur l'épaule de Mme d'Estival.

Dieu vous entende ! Une telle épreuve est au-dessus de mes forces.

MADAME D'ESTIVAL, après un instant de silence.

Mesdames d'Ormeuil et de Latour vous ont promis d'être là à midi, n'est-il pas ?

MADAME DE BERVILLE.

Oui, je les attends.... Hélas ! si je les eusse conviées pour une soirée, pour une collation, elles eussent été là avant vous.

MADAME D'ESTIVAL.

Oh ! quelques minutes vont et viennent.... Quant à moi, je puis attendre ; jusqu'à trois heures je suis entièrement à votre disposition.

MADAME DE BERVILLE.

Que vous êtes bonne !... Tenez, souffrez

5.

qu'en attendant je vous mette sous les yeux cette triste et désolante lettre que j'ai reçue ce matin. (Au moment où elle ouvre la lettre ; Mmes de Latour et d'Ormeuil entrent.)

SCÈNE VI.

Les Mêmes, MESDAMES DE LATOUR ET D'ORMEUIL.

MADAME DE BERVILLE.

(Dès qu'elle les aperçoit, elle se lève et les embrasse avec émotion. Celles-ci restent froides et insensibles.)

Je comptais les minutes, mes douces amies. Qu'il me tardait de vous confier mes peines et vous demander conseil ! (Toutes s'assient.) Ce salon délabré vous dit déjà l'horrible état auquel je suis réduite.

MESDAMES DE LATOUR ET D'ORMEUIL. froidement

C'est vrai.

MADAME D'ESTIVAL.

Ce spectacle est navrant.... Hier si heureuse, si riante ; aujourd'hui la désolation et les larmes !

MADAME DE BERVILLE.

J'ai sans délai une décision à prendre et votre protection à demander. Veuillez écouter cette douloureuse lettre. (Elle lit en s'interrompant

et sanglotant.) « Bien chère épouse, j'ai eu le
» temps de passer en Suisse. Au moment où
» tu recevras ces lignes, tu auras su le motif
» qui m'a porté à te cacher mon départ si
» précipité. Mon éloignement durera-t-il
» beaucoup? Dieu seul le sait. — Je n'ai pu
» te laisser que cinq cents francs; tu les
» trouveras dans ton secrétaire où je les ai
» déposés à ton insu. Crois-en la sincérité de
» mon affection, il m'a été impossible de te
» laisser autre chose. Il me fallait bien quel-
» ques sous. De jour en jour, depuis deux ou
» trois mois, j'espérais ramener mon actif
» au niveau de mes dettes; pour cela, jouant
» toujours quitte ou double à la Bourse, j'ai
» absolument tout perdu. M. Pressenval,
» l'agent de change, mon cruel ami, qui est
» tout à l'heure avec moi, m'a poussé dans
» l'abîme.

» Ces cinq cents francs doivent te suffire
» pour regagner Tulle; ton frère ne te refu-
» sera pas l'hospitalité. Emporte ce qui t'est
» nécessaire avant la mise des scellés; plus
» tard tu serais dépouillée même de tes vête-
» ments.

» Ne confie qu'à des amies sûres et
» dévouées ce que je t'écris; tu vois qu'il y

» va de nos intérêts les plus chers. Mesdames
» d'Ormeuil et de Latour, par exemple, dont
» tu m'as si souvent parlé, t'aideront, je
» n'en doute pas, dans ces horribles malheurs
» que je te cause. (Ces deux dames se regardent avec
étonnement.)

» Dans peu je te dirai quel est mon asile
» et quels moyens nous emploierons pour
» mettre à l'abri notre triste correspondance.
» Soit discrète et patiente ! »

MADAME D'ESTIVAL.

Ces conseils sont prudents; monsieur de
Berville a raison de dire que seules des
amies sûres peuvent vous venir en aide. Combien, mesdames, une telle lettre vous
honore !

MADAME DE BERVILLE.

Dès ce soir je pars pour Tulle.... Seules,
mesdames, vous saurez que j'y suis cachée.
Toutefois mon départ dépendra de vous. Cinq
cents francs en effet.... Eh ! n'ai-je rien à
laisser à de pauvres domestiques, à des
ouvriers et à des ouvrières à qui je dois
quelques jours de travail, à des pauvres
fournisseurs.... Oui, n'est-il pas vrai, ne
point faire honneur à ces dettes criardes
serait plus que de l'injustice, ce serait de

l'inhumanité ? Compte fait, il ne me restera
que cinquante francs. Madame d'Estival vient
d'être témoin d'une scène avec une modiste :
mais son cœur généreux m'a tirée d'embarras
en cautionnant ma signature pour trois cent
dix-sept francs.

MADAME D'ORMEUIL , bas, à Mme de Latour.

Vous l'avais-je dit ! Comment nous tirer
de là ?

MADAME D'ESTIVAL , qui a vu ce chuchottement.

Si dans l'heureuse position où le ciel m'a
placée j'avais hésité à vous rendre un aussi
misérable service, m'auriez-vous, pauvre et
chère dame, traitée encore du nom d'amie....
de ce beau, de ce saint nom d'amie ?

MADAME DE BERVILLE.

En récapitulant donc, autant que ma dou-
leur peut le permettre, la somme de més
diverses dettes personnelles, j'ai trouvé un
total de deux mille trois cents francs. (Montrant
un papier.) Et voici la liste de ces divers créanciers. Oh! oui, j'ai compté sur vous ! Afin
d'éviter tout bruit et tout scandale, entre
vous trois, mes éternelles amies, vous règle-
riez ce lamentable déficit. Pour cela, une fois
la distribution convenue entre vous de ces créan-
ces bien légitimes, vous vous hâteriez d'appe-

ler séparément ces pauvres gens qui vont
m'assaillir ce soir, demain au plus tard, et vous
éteindriez ainsi toute réclamation.

MADAME DE LATOUR.

C'est-à-dire que nous aurions à payer entre
nous trois deux mille trois cents francs....

MADAME D'ORMEUIL.

C'est beaucoup; ne pourriez-vous pas les
prier d'attendre.... Un peu plus tôt, un peu
plus tard, à l'aide de votre frère, votre pro-
tecteur naturel, vous achèveriez le paiement.

MADAME DE BERVILLE.

La prière, dans ma condition, n'est qu'une
humiliation vaine, une mendicité stérile.
Mon frère a tout au plus l'aisance, il est
chargé d'une nombreuse famille.... Puisque
je ne dois rien vous cacher, il a quelque
droit d'ailleurs de m'être peu favorable. Plus
riches que lui, monsieur de Berville et moi-
même, je l'avoue à ma honte, nous l'avons
depuis assez longtemps comme dédaigné.

MADAME D'ORMEUIL.

C'est fâcheux! Cependant c'est un frère....
qui doit d'abord, malgré tout....

MADAME D'ESTIVAL.

Permettez, mesdames; *votre amie* est déjà
assez malheureuse, n'allez pas aggraver ses

peines ; ces réflexions, bonnes hier, au jour de la prospérité, sont des outrages à l'heure de l'infortune.... Au fait, n'avons-nous pas assez de confiance dans la parole de madame de Berville pour être assurées que, dès qu'elle le pourra, elle nous remboursera nos avances, si toutefois nos cautions ne suffisent pas, et qu'il faille payer immédiatement jusqu'au dernier sou ?

SCÈNE VII.

Les Mêmes, ROSE.

ROSE.

Si madame pouvait quitter un instant, il y a en bas trois personnes qui la demandent.

MADAME DE BERVILLE.

Les connaissez-vous ?

ROSE.

Eh ! oui ; c'est la tailleuse, c'est la coiffeuse et le cordonnier de madame.

MADAME DE BERVILLE.

Entrez un peu dans ce cabinet, je vais vous rendre réponse tout de suite. (Rose sort.)

SCÈNE VIII.

MESDAMES DE BERVILLE, D'ESTIVAL D'ORMEUIL ET DE LATOUR.

MADAME D'ESTIVAL.

Les moments pressent, vous le voyez, mesdames ; la position de notre amie devient intolérable ; voudriez-vous, par un retard inexplicable, la mettre aux prises avec les huissiers et les agents sulbalternes de la justice ? (Après un moment de morne silence, elle continue.) Qu'attendons-nous, mesdames, prenons-nous cette liste ?... Songez qu'en bas trois créanciers attendent une réponse nette et prompte. (Silence encore.) Eh bien ! je vais descendre leur donner cette réponse ; réglez ensemble, je remonte tout de suite. (Elle appelle Rose et descend avec elle.)

SCÈNE IX.

MESDAMES DE BERVILLE, D'ORMEUIL ET DE LATOUR.

MADAME DE BERVILLE.

Ah ! c'était hier soir.... Vous me disiez :

Laissez, laissez madame d'Estival; ce ne sera jamais une amie pour vous; son ton sentencieux, sa piété impérieuse et méfiante, son genre banal et sans dignité doivent l'éloigner de votre salon.... Hélas! hélas! et sans elle.... Vous ne me répondez pas aujourd'hui?

MADAME D'ORMEUIL.

Pour mon compte, je n'ai pas entendu attaquer la noblesse de ses sentiments.

MADAME DE LATOUR.

Ni sa bienveillance assez connue.... tant s'en faut!

MADAME DE BERVILLE.

Mais enfin, mesdames, vous qui avez recherché si vivement mon amitié intime et exclusive, que me dites-vous, que m'offrez-vous aujourd'hui que comme une mendiante; je suis à vos pieds!

SCÈNE X.

LES MÊMES MADAME D'ESTIVAL.

MADAME D'ESTIVAL, le front radieux, et donnant un baiser à Mme de Berville.

Allons, voilà qui est arrangé! tous les

trois sont partis contents et m'ont promis
le silence.

MADAME DE BERVILLE, se jetant aux genoux de
Mme d'Estival qui la relève aussitôt:

Oh ! soyez donc ma seule espérance....
Ces dames ne peuvent rien faire pour moi.

MADAME DE LATOUR, embarrassée.

Nous n'avons pas dit cela.... Mais nous
croirions manquer à nos devoirs en nous
engageant de la sorte sans même prévenir
nos époux. Nous y allons de ce pas, si vous
y consentez.

MADAME DE BERVILLE.

Allez, mesdames ; mais ne tardez pas, de
grâce ; ne laissez pas madame d'Estival sup-
porter seule tout le poids de mon infortune.
(Elles sortent.)

SCÈNE XI.

MADAME D'ESTIVAL, MADAME DE BERVILLE.

MADAME D'ESTIVAL, regardant sa montre.

Il est une heure et demie, ma bien chère
dame ; le départ du chemin de fer est à trois
heures, vous n'avez pas de temps à perdre.
Réglons, convenons de tout à la hâte.... Il

m'est douloureux de le dire, mais ces dames s'arrangeront de manière à ne pas revenir.

MADAME DE BERVILLE.

Quelle déception cruelle! me fallait-il donc une aussi horrible leçon pour connaître la véritable et la fausse amitié! (Elle l'embrasse en pleurant.)

MADAME D'ESTIVAL.

Cette liste contient à peu près les noms de vos créanciers, le numéro de leur demeure, le montant de ce qui leur est dû?

MADAME DE BERVILLE.

Oui, je le crois, approximativement.

MADAME D'ESTIVAL.

C'est bien! j'agirai en conséquence; comptez sur mon exactitude et sur mon amitié.

MADAME DE BERVILLE.

Oh! que ce mot m'est doux et bon sortant de vos lèvres, ô ma sincère, ma charitable, mon éternelle amie!

MADAME D'ESTIVAL.

Vous n'avez point assez pour vos frais de route. (Elle ouvre son porte-monnaie, en verse le contenu dans la main de Mme de Berville qui se jette à genoux, et qu'elle relève en l'embrassant avec affection.)

MADAME DE BERVILLE.

Comment mon cœur s'acquittera-t-il ja-

mais de la dette sacrée qu'il contracte envers
vous !

MADAME D'ESTIVAL.

Cette dette n'est réellement rien ; et laissez-
moi vous dire ce dernier mot. Lorsque une
femme est placée dans des conditions semblables à la mienne, semblable à celle où vous
étiez hier, il est si aisé de faire un peu de
bien ! Il suffit pour cela de ne pas prodiguer
à la bagatelle et à la vanité, et de retrancher
un peu sur le strict nécessaire de chaque
jour. Avec cette méthode simple et facile,
on entretient l'ordre autour de soi, on éloigne l'adulation et la cupidité ; on se crée partout de solides amis ; de sorte qu'au moment
de la tristesse et du malheur, on est sûr de
trouver, sans les demander deux fois, l'or du
riche et l'obole du pauvre.... Adieu ! partez !
Pas un jour ne se passera sans que je demande
pour vous au ciel du courage et de la rési-
gnation. Ecrivez-moi souvent ; chacune de
vos bonnes lettres imposera une nouvelle dette
à mon inaltérable amitié. (La toile tombe pendant
qu'elles sont dans les bras l'une de l'autre.)

LES PROVERBES.

PERSONNAGES.

MADAME ALINE , institutrice.
PALMYRE,
LÉONIDE, } élèves de la 1re division.
MARIA ,
VALÉRIE , élève de la 2e division.
CHARLOTTE , élève de la 3e division.
GROUPE D'ÉCOLIÈRES de tout âge.

LES PROVERBES.

SCÈNE I.

PALMYRE, VALÉRIE, CHARLOTTE, GROUPE D'ÉCOLIÈRES.

(Elles sont assises autour d'une table où se trouvent des plumes, des livres, du papier.)

VALÉRIE.

Vraiment, chère Palmyre, ton idée est délicieuse ; tu as parlé d'or. Quelle agréable manière d'égayer quelques-unes de nos si longues soirées d'hiver !

PALMYRE.

N'est-il pas vrai ? un proverbe d'abord à trouver, puis à tourner d'une façon un peu dramatique, enfin à exécuter le moins mal possible ; il y a là tout un travail.

CHARLOTTE.

Travail ! non, non. Dis passe-temps complet ; une récréation véritable, un délasse-

ment dans toute la belle acception du mot.
Oh ! que nous rirons !

PALMYRE.

Pas si vite, ma petite Charlotte ; passe-
temps, délassement, jeu, tout ce que vous
voudrez. Mais je ne retire pas mon expression.
J'ai dit *travail*, et je soutiens qu'il en faut
pour composer et coordonner des scènes qui
ne portent pas trop les spectateurs à bâiller
et à s'endormir, et les actrices à laisser là
leurs rôles.

VALÉRIE.

Mais n'as-tu pas dit, Palmyre, que dans
un proverbe chacune de nous recevrait son
rôle tout fait, et qu'elle rendrait à sa façon ?
Par conséquent, s'il est mal conçu, mal rem-
pli, tant pis d'abord pour l'auteur, et puis
pour l'étourdie, la paresseuse ou la sotte qui
n'aura pas su ou voulu s'y bien prendre.

PALMYRE.

Pas tout-à-fait, mon amie ; nous voilà
loin d'un parfait accord. Rien ne s'obtient
sans peine, nulle victoire sans combat,
aucune récolte sans semence. Telle est la loi
de ce monde. Or un proverbe pas plus qu'autre
chose n'échappe à cette loi. Plus tu le suppo-
seras gentil, piquant, gracieux, plus il intéres-

sera, plus il provoquera la gaîté, plus, après avoir été représenté, l'auditoire s'unira pour crier : *bis , bis !!* plus aussi le riant, le spirituel, l'aimable proverbe aura préalablement donné de travail — de travail, entends-tu bien aussi toi, Charlotte? — à ses créatrices. A un proverbe il faut un auteur, et à un auteur il faut du travail; c'est clair.

CHARLOTTE, d'un ton boudeur.

Oh ! si ton proverbe est si difficile, moi je ne m'en mêlerai pas. Assez, assez de quatre heures d'étude le matin et de cinq le soir ! Tiens! il ne manquerait plus que cela.

PALMYRE, en l'embrassant.

Pauvre chère petite, qui se figurait que pour jouer gentiment un proverbe et s'y amuser de tout son cœur, il suffisait de prendre le tablier et le balai de Fanchon et de se mettre à laver les assiettes ou à détacher les toiles d'araignée.

CHARLOTTE.

Il faudra donc que j'écrive, et puis que j'apprenne par cœur? Vaut tant une analyse grammaticale.

PALMYRE.

Oui, tu auras cela à faire, si tu veux

6

être de la partie : mais comme tu es bien
gentille, quelqu'une des grandes te fera ton
rôle, t'exercera, t'habillera même de la tête
aux pieds pour que tu sois encore plus mi-
gnonne. (Elle l'embrasse.) Et si tu ne me trouves
pas trop méchante, je me chargerai, moi,
de toute cette besogne.

CHARLOTTE.

A la bonne heure ! Je veux bien comme ça.

VALÉRIE.

Tu offres tes services, chère Palmyre ;
mais sais-tu qu'aussi moi, je les réclame....
Hein ! hein ! veux-tu que je te dise naïve-
ment comment j'avais conçu la chose ? je
reprends ma phrase interrompue.

PALMYRE.

Parle ! Volontiers, je t'écoute.

VALÉRIE.

Et c'est tout simple. J'avais compris que
madame Aline nous composerait ces proverbes d'un bout à l'autre, et qu'il ne nous res-
terait, à nous, qu'à distribuer les rôles, à
les apprendre, sauf à nous en tirer du mieux
possible. Non, je n'ai pas compris du tout que
nous eussions seulement à composer une ligne.

PALMYRE.

Eh ! elle est belle ton erreur : comment !

supposons notre maîtresse dix fois meilleure, dix fois plus savante et spirituelle, penses-tu donc quelle quantité énorme de patience et de loisirs tu lui supposes pour qu'elle vienne à bout de composer quarante, cinquante pages chaque semaine ? Car enfin nous jouerons bien au moins un proverbe tous les huit jours. Eh ! vraiment, ce serait gentil ; elle prendrait toute la peine et nous laisserait le profit, le plaisir et l'honneur !

VALÉRIE.

Mais comment, chère Palmyre, entends-tu la chose ? Sommes-nous donc des écrivains, des poètes, même des femmes de lettres en herbe ? Avec ton système nous n'arriverons à rien.

PALMYRE.

Erreur ! erreur ! C'est à la première division de se charger de la besogne. Pour mon compte, je sens parfaitement que si quelques plumes viennent à mon aide, je fournirai mon contingent. Tiens, du reste, voici madame Aline qui va nous indiquer les difficultés et nous dire comment en venir à bout.

SCÈNE II.

Les Mêmes, MADAME ALINE, MARIA, LÉONIDE.

(Les élèves se lèvent et lui offrent le fauteuil réservé.)

MADAME ALINE.

Enfin je suis à vous. Voyons ! mettons de l'ordre dans nos idées et nos projets. Votre proposition me va trop bien pour que je ne vous seconde pas de tous mes moyens.

DEUX OU TROIS ÉLÈVES.

Merci, madame !

PALMYRE.

Vous nous prouvez encore ici combien vous aimez à partager nos plaisirs. Votre bonheur est de nous voir contentes.

VALÉRIE.

Mais est-il vrai, madame, que c'est nous qui devrons composer ces proverbes ? Palmyre dit que vous l'entendez ainsi.

MADAME ALINE.

Palmyre a raison, et cela ne peut être autrement. Seulement le canevas et les rôles des personnages seront l'œuvre des élèves de la première division. A elles d'abord le gros travail ; puis, lorsqu'elles auront coordonné

les scènes, c sera aux élèves de la deuxième,
troisième et quatrième division d'apporter
leur petite part d'imagination, de goût, de
sentiments, d'éloquence, pour tout dire,
cette part de naïves et aimables choses que
vous savez toutes parfaitement trouver quand
vous voulez vous en donner la peine.

MARIA.

Je le comprenais bien un peu ainsi ; pourtant, à vrai dire, je crois, pour mon compte,
que nous n'aboutirons à faire que des pro-
vérbes bien chétifs et bien maigres.

MADAME ALINE.

Du tout ! du tout ! chère enfant ; le mal
est de commencer. Une fois la main au pelo-
ton, il se déroule et se dévide comme par
enchantement. Remarquez d'ailleurs que je
ne refuse pas de vous aider pour le choix,
l'invention et la distribution de votre proverbe ; cela ne me prendra pas un temps
nécessaire ailleurs. Parfois vous vous grou-
perez autour de moi pendant la récréation,
et là, tout en causant, en nous promenant,
en allant et venant, nous poserons les bases
des proverbes les plus jolis qui se joueront
en France.

6.

LÉONIDE.

Ne soyez pas méchante, madame Aline; si vous vous moquez de nous, adieu les proverbes ! De l'indulgence au contraire, s'il vous plaît; de l'indulgence pour les plus piètres actrices qui soient en France.

MADAME ALINE.

Non, chères enfants, non, je ne me moque pas. Seulement je veux vous convaincre que la difficulté est bien moins grosse que vous ne le pensez. Entrons tout de suite en matière. Quelqu'une de vous a-t-elle un proverbe, je veux dire une phrase proverbiale à nous offrir? Voyons, Léonide, Maria, Palmyre, une des têtes de mon état-major, vous avez la parole.

PALMYRE.

Il y a un auteur où ces phrases abondent; on ne saurait être embarrassé que pour le choix : ce sont les fables de Lafontaine.

MADAME ALINE.

Oui, le répertoire est inépuisable, et l'on a d'autant plus de raison d'y avoir recours, que les morales que présente Lafontaine forment le nœud et le fonds de petits drames exécutés avec le talent qui caractérise l'inimitable fabuliste. Va donc pour Lafontaine !

PALMYRE.

. La morale de sa première fable, la *Cigale et la Fourmi :*

> Vous chantiez, j'en suis fort aise ;
> Eh bien ! dansez maintenant !

prête ce me semble beaucoup.

MADAME ALINE.

C'est juste. Seulement je fais une réserve que je vous indiquerai tout à l'heure. Allons ! mettons-nous en verve. Que mon état-major m'improvise un drame complet sur ce sujet. (Les élèves se regardent entre elles, les grandes paraissent embarrassée ; un instant de silence a lieu.) Nulle ne dit mot ? Pourtant est-il si difficile d'imaginer un canevas de ce genre ? — D'abord ne pouvons-nous pas concevoir une jeune fille fort dissipée, fort paresseuse, fort imprévoyante, en un mot une véritable image de la cigale ? — Puis interviennent successivement ou à la fois une mère, une maîtresse, des compagnes dont les conseils répétés restent sans fruit. — De sottises en sottises notre pauvre évaporée finit par tomber dans le mépris et la misère. — On met en action ces sottises réitérées. — En regard ne saurons-nous créer le portrait d'une élève dont les goûts, les mœurs, les habitudes son juste le contraire? — Cette aimable enfant n'a pas reçu comme sa compagne les dons de la nature et de la fortune. Elle est pauvre, elle porte un nom ignoré, elle n'a pas de quoi suivre tous les cours ni rester de longues années sur les bancs de l'école. Mais loin de se décourager, elle est pleine d'ardeur, elle fait des progrès tellement rapides, que son instruction est achevée lorsque celle de sa voisine la cigale n'est pas même commencée. — Et cette jeune fille modèle intervient aussi auprès de sa compagne : elle l'exhorte, elle l'encourage. — Ici mettre en contraste le beau caractère de l'une et l'opiniâtre rébellion de l'autre. — Enfin vient le dénouement, mais qui, je vous l'ai dit, ne doit pas être conforme à la méchante morale de cette fable. Comment cela? qui me répond ?

MARIA.

Oui, je saisis, madame, votre pensée. Quand la fourmi dit à la cigale.

> Vous chantiez, j'en suis fort aise ;
> Eh bien ! dansez maintenant !

c'est comme si elle lui répondait : vous êtes malheureuse, tant pis pour vous ! Je suis riche, il est vrai ; mais je préfère vous voir mourir de faim que de vous donner un sou, et cela est le l ngage odieux d'un cœur dur et avare, et cela n'est pas du tout chrétien.

PALMYRE.

Dieu veut qu'on tende toujours la main au malheur. Provoquer dans le cœur du coupable le désespoir au lieu du repentir est une des plus détestables actions.

MADAME ALINE.

Très bien ! vous avez saisi mes pensées. Rappelez-vous que ce que Palmyre et Maria viennent de dire. Non, tous les proverbes ne sont pas bons à mettre en scène. Il y en a d'impies, de mondains, de très faux par conséquent. Ceux-là laissez-les pour ce qu'ils valent, car en cherchant à les exprimer, à les traduire en actions, vous corrompriez votre jugement, votre intelligence et votre bon goût. — Tenons-nous-en pour ce soir sur ces préambules bien simples. Demain à pareille heure je serai là pour entendre, j'en suis sûre, le canevas, et connaître les principaux rôles d'un proverbe que vous rendrez charmant.

(La toile tombe.)

FIN.

TABLE.

—

FIN DE LA TABLE.

Limoges. — Typ. F. F, Ardant frères.

www.ingramcontent.com/pod-product-compliance
Lightning Source LLC
Chambersburg PA
CBHW071105260626
47162CB00006B/2220